ダッシュエックス文庫

クオリディア・コード

渡 航(Speakeasy)

CONTENTS

#00 プロローグ

QUALIDEA CODE

空が赤い。

風ごと巻き込んで燃え落ち行く太陽。

銅のように焼け爛れて溶けていく月。

地を這うように、血を舐めるように紅蓮の火柱が上がっている。まだ、夜半に差し掛かったころだというのに、大海で出くわす払暁と見まがわんばかりの明るさのせいで、そこに生きる人間も、死んだ人間も、皆等しく影絵の中の存在に変わっていた。

湧いていた雲の隙間から顔を覗かせるのは、煌めく星々ではなく、異形とも呼ぶべき虚ろ船の群れだ。

てらてらと黒光りする外殻。

ぬらぬらと伸ばされる触腕。

ゆらゆらと赤く朧げな発光。

およそこの世界の動物とは似ても似つかぬ存在が、空を割り、地に降り立ち、海を埋めた。

先触れも前触れも前兆しもなく、この世界に現れた存在を、人々はただただ茫然と、あるいは悠然と、ともすれば他人然として受け取めた。

理解の外にある存在は、テレビの画面越し、スマートフォンのレンズ越し、そして肉眼をもってしても、はるか遠い国で起きている飢餓や貧困、戦争、紛争と同じような感覚でしか、捉えることができずにいた。

食事中の家族の食卓も、デート中のカップルのベッドも、仕事中の社員のオフィスも。

「なんかすごい」「やばくない？」「これなんだろうね」「なんかでかくない？」「やばいって」「気持ち悪い」「え、これほんとなに」「政府発表あるんだって」「地震？」「イベントでしょ」「ARってやつじゃん？」「あ、火、出てる」「なんか落ちてきてない？」「やばいやばいやばい」「今、人落ちなかった？」「外、悲鳴」「え、え、なに」「テレビ映んなくなった」「事故か？」「停電！」「空、綺麗くない？」「……死者出てるって話なんだけど」「……あれって、なんなの」

飛び交う会話にはリアルだけが存在していた。長きにわたって構築された常識というフィルターの中だけの現実で、彼らは生きていた。故に、その埒外の存在との邂逅は、それそのまま死を意味することに他ならない。

この日、人類は死んだのだ。

その日、世界は終わるのだ。

天を穿(うが)つほどの白い巨塔が崩れ落ちていた。鉄塊(てっかい)と瓦礫(がれき)が街並みに降り注ぐ様は、確かに、神話の中に刻まれた文明の終わりによく似ている。

雷のように熱線が降り注ぐ。爆炎が地響きを立てて、紅蓮の炎が逆巻く。建物は吹き飛び、肉が焦(こ)げる匂(にお)いが強く鼻をつく。轟音と悲鳴が耳をつんざき、巻き起こる粉塵(ふんじん)が視界を奪う。肌にまとわりつく火の粉とざらついた砂礫(されき)が、血と混ざって地面に落ちる。散り散りになった家族を探して彷徨(さまよ)う者があり、ばらばらになった身体を求めて蠢(うごめ)く者があり、逃げ場所に迷ってその場にしゃがみ込む者がいる。

炎から逃れようと川や海に飛び込み、一縷(いちる)の望みをかけて高層ビルから飛び降り、議会では対策とも言えない怒号と悲鳴が飛び交い、迎撃を試みる戦闘機が飛び立ち、ミサイルや銃弾、戦闘機がいずれも虚(むな)しく飛び散った。

一般市民も自衛隊員も政府高官も科学者も宗教家も皆が一様に同じ問いを投げかけた。

――あれはなんだ、と。

そして、その答えは決まっていた。

――〈アンノウン〉。

正体も、原因も、理由も、状況も、対応も、方策も、何もかもがわからない。

ただ一つ、確実に理解していたことは、この人類世界はもう終わりだということだけ。

×　×　×

終焉を迎えた世界は地獄と変わらない。

侵略者たちの船が空を覆い隠し、倒壊したタワーが薙ぎ払った街、否、廃墟と呼ぶべきだろう。その、終わりの赤に包まれた廃墟に、人々が群がっていた。

「子供たちをシェルターへ！　大丈夫です！　まだ余裕はあります！　落ち着いて！　落ち着いてください！」

大通りでは、迷彩服を着た人々が必死に声を荒らげ、市民たちを誘導している。

けれど、その言葉が正確に伝わることはなく、人々は我先にと争って子供も老人も押しのけて、シェルターへ続く道に殺到する。ところどころで骨が軋む音や怒号が聞こえた。

人々の勢いにはじき出されて、一人の子供が道端によろめいた。

体のあちこちに、擦過傷と火傷を負って、茫然と人々を見ている。年のころは五つといったところだろう。何が起きているか、そして自分が何をされたかを理解するのも難しい年頃だ。

ただ、じわりと瞳の端に涙がにじみ、喉の奥からは嗚咽が込み上げてきた。その子供の語彙が豊富であれば、その感情を拒絶感やあるいは絶望と呼んだかもしれない。もしくは、長じたときには醜悪さや憎悪と言い換えるかもしれない。

けれど、今はまだ幼い子供だ。

彼は人の群れから離れると、ふらふらとおぼつかない足取りで、ただ一人で歩いている。

視界にあるのは紅色に染まった空と大地。

重苦しく垂れこめる黒い船団は赤い燐光をその身に纏って下々を睥睨し、廃墟のそちこちでは、紅蓮の炎がちろちろと、蛇のように舌を伸ばしている。

見渡す限りにある世界も人々も、そのすべてが拒絶に満ちていた。重苦しさを肌で感じたとき、その子供の足は止まってしまった。

赤い色に塗り潰されるように、その身体が頽れて、うずくまる。

「痛いよ、怖いよ……。パパ、ママ、助けてよ……」

かすれた声で、小さく。祈るように呟いた。

けれど、安寧とは程遠く。それを聞き届ける優しい存在はいない。

ただ、ずしゃりと、音を立てて、黒い一団が近づいてくるのだけが見えた。それを認識すると、歯の根が合わず、カタカタと鳴り、ひゅうひゅうという呼気が漏れる。

そうしていると、まるで笑っているようだった。

「……いっちゃん、わたしを見て」

りんと、鈴がなるような声がした。

その子供の名を呼んだのは一人の少女だ。歳は一つか二つ上だろう。

埃（ほこり）と血飛沫（ちしぶき）がシミを作るワンピースはあちこちが破れ、頬には泥が跳ねている。それでも、豊かな金髪はいささかもくすむことがなく、幼いながらも整った顔立ちも相まって、この世界で唯一美しいもののように、その子供には思えてならなかった。

少女は、うずくまる子供をぎゅっと抱きしめる。

「困った時はわたしを見るの。大丈夫だよ。わたしがついてる」

「カナお姉ちゃん……」

「それに、目覚めた時にはきっと、平和になっているよ……」

お姉さんぶって、強張（こわば）った笑みを浮かべ、少女は静かに歌を口ずさむ。

人々の悲鳴も崩落する轟音も、変わらず耳に届いていて。

けれど、メロディは変わらず優しい。時折声が震えるせいで音程はきっと正しくはないし、声量だって豊かではない。

それでも、歌うことはけしてやめない、その意志が何よりも優しかった。

終わる世界に、終わらない歌が響く。

——大災禍（だいさいか）。

それは人類が、種として受けた最初にして最大の侵略として、けして消えることのない汚辱として、史実に刻まれることになる。

#01 残存世界のグロリア

QUALIDEA CODE

おそろしく風の強い日だった。

おかげで雲はどこかへ流れ続けていて、澄み切った青い空が広がっている。ウミネコたちがみゃあみゃあと規則的に鳴いては飛びまわっていた。

そんな空を眺めることが朱雀壱弥（すざくいちや）は嫌いではない。

大昔とは海岸線が変わってしまった東京湾。

沿岸部の波打ち際（ぎわ）に立って、朱雀は海の向こうを睨（にら）み付ける。

かつて、わななくことしかできなかった唇を浅く嚙み、軽く顔をしかめた。視線の先にいるのは、ずっと待ちわび続けている怨敵（おんてき）。

かつて、第一種災害指定異来生物と呼ばれた存在、通称〈アンノウン〉。

澄み切っていたはずの青空に、ほんの一瞬赤い光が走ると、大気が歪（ゆが）んだ。

どろりと、溶けるように空が裂ける。

ゲートが開いたのだ。それは真夏に立ち上る陽炎（かげろう）、あるいは水に浮かぶ油膜に似ていた。降り注ぐ夕日が屈折し、虹色と鈍色とに輝き、穿たれた穴へと吸い込まれていく。

その虚から顔を覗かせるものこそは、異形の怪物。無機質ながら、てらてらと銀色に光る表皮は甲殻や金属のようなのに、触れれば湿り気と柔らかさがあるように思える。

それを視認すると同時に、耳にはめた通信機に、本部からの通達が響いた。

『緊急連絡、湾岸部Ａ４海域にアンノウンが出現……繰り返します、緊急連絡、湾岸部Ａ４海域にアンノウンが出現……担当遊撃部隊は、演習通りに対処してください……』

それを聞きながら、朱雀は口元に冷ややかな笑みを浮かべる。

これが、これこそが、自分の望みだと。

口にはせずとも振りかざした腕がそう言っている。

誰よりも早く現場へ向かい、誰よりも多く敵を葬り、誰よりも強くなって人類を守る。

幼き日、少女の笑顔に固く誓って、長じて以降は容易く取り違えて、けれど再会したその笑顔がもう一度教えてくれた。

愛すること、守ること。

そんな、トラウマじみた妄執に生涯とらわれるであろうことは傍目にも明白。されど、その狂気にも似た強迫観念が朱雀壱弥を強くした。

それは彼に戦うための力と、終わってしまった世界ではない、新しい〈世界〉を与えた。

拳を固く握りしめて、前へと突き出す。

と、耳元のイヤホンからピッと電子音に続いて入ってきた気の抜けるような声に、その拳が緩んだ。

『いっちゃん、いっちゃーん？　聞いた!?　どこにいるのー？』

耳慣れた自身の愛称に、ふっと短い吐息を漏らして、朱雀は軽く頭を振る。鈴が鳴るように涼やかで綺麗な声を聞き流すと、ゆっくり目を瞑った。

ざわざわと後ろ髪を揺らす風に添わせるように、右手の人差し指に嵌めた指輪で、首の後ろのコードに触れる。

すると、光が弾けた。

黒を基調としながら、袖と襟元にはサシ色の赤が彩り、金のラインが入った制服。その腕の上を、金色の光が駆け巡る。

やがて、それは硬質な輝きを放つと、さながら暗い森の茨のごとく腕に絡みつき、肩まで侵食するようなガントレットが現れた。

出力兵装と呼ばれる、朱雀の武器だ。

そのガントレットに包まれた腕を一度振るえば、じりと耳をさいなむ音を立て、迸る力の奔流が球状に渦を巻き、いくつも浮かび上がった。闇色のそれはおよそすべての物理法則を無視して、確かにそこに浮遊している。

重力も、斥力も、旧時代の科学においては自在に操ることなど不可能だった。しかし、朱雀壱弥はそれを容易くこなしてみせる。

　世界は変わったのだ。終わってしまったあの時に。

　旧時代における世界の枠組みは、今、この瞬間だけ、朱雀壱弥が望み、憧れ、希い、夢見た〈世界〉に形を変える。

　この世界にあって、この世界にありうべからざる〈世界〉が顕現する。

　彼の夢見た〈世界〉が、彼の見えている〈世界〉が、彼だけの〈世界〉が、現実を侵食し、事実を改ざんし、事象を改変せしめる。

　重力、斥力を自在に操る。それが朱雀壱弥の持つ異能力、朱雀壱弥の〈世界〉だ。

　その〈世界〉は、一般常識を無視し、既成概念を壊し、物理法則を犯す。

　やがて、時空すらも歪めて、斥力が球状になっていた。

　その斥力球を地に這わせる。

『いっちゃん。いっちゃーん？　あれー？』

　ため息が漏れ出そうになる通信内容をできるだけ気にしないようにしながら、朱雀は、斥力球を踏みしめた。

　瞬間、朱雀の身体が勢いよく、宙へと跳ね飛ばされる。放物線の頂点で再び展開した斥力球を纏って、朱雀は空を駆けた。

「俺一人で、……充分だ」

通信に返すともなく、宣告めいた独り言のように口にする。事実、朱雀壱弥にとって、それは宣言であり、宣誓だ。

吐き捨てるように口にされた言葉に、通信相手の少女のふにゃりとした泣き言が続く。

『ちょっといっちゃん、またー？』

しかし、逆巻く風の中に身を投じた朱雀からの返答はなく、代わりに、ただ裂帛(れっぱく)の気合の声だけが響いていた。

×　×　×

岸壁からほど近い海上に、空を行く者たちがある。

ロッド状の出力兵装に、まるで魔女のようにまたがる少女が二人。そして、そのロッドからつるされているゴンドラに、もう一人の少女。

赤いスカートをひらひらと風になびかせ、鮮やかな金髪がふわっと流れている。黒を基調としたタイトなブレザーと、抜けるように白い肌のコントラストも相まって、その端整な顔立ちをより魅力的に引き立てていた。

その金髪の少女、宇多良(うたら)カナリアは、容姿についてのみ言及すれば、一般的に美少女と呼ばれる存在だろう。自身が所属する東京校においても、男子からの人気は高い。

だが、今はその美少女らしい笑顔もいささか曇っている。ゆらゆらと揺れるゴンドラの上で、カナリアはほっぺたを膨らませて、地団太を踏んでいた。

「もう、もう！　どうしていつもそうなのかなあ」

　そのお姉さんぶった口ぶりに、隣を飛ぶ少女たちが苦笑する。それに気づいて、カナリアがしゅんと首を竦めて申し訳なさそうにあははと笑った。

「ほんと、いつもごめんね、いっちゃんが……ていうか、わたしもなんだけどね？　お荷物っていうか小包っていうか……送ってくれてありがとう」

「いえ、首席が勝手に飛び出すのはいつものことですし、宇多良先輩を送り届けるのもいつものことですから」

「はう……。わたしも空を自由に飛べたらなあ。わたし、カナリアなのに空飛べないんだもん」

　カナリアは自分の顔を指さすと、うなだれて自分の名前についてぶつくさとぼやく。

「まぁ、〈世界〉は人によって違いますし！」

　なだめるように言われて、カナリアはますますしゅんしゅんしゅんとうなだれた。

〈世界〉。

　それは湾岸防衛都市において、少年少女だけが持つ固有能力を意味する。〈世界〉は、子供たちが思い描いた、恋い焦がれた、あるいは惑い彷徨った夢だ。

　カナリアが座学で受けた講義によれば、コールドスリープ中に、子供たちが見た夢が起因し、能力が発現するという。その夢を見る期間を、あるいはその現象それ自体を、『夢見の季節』と形容することもある。

そして、その力を少年少女だけが持つ故に、彼らは戦う使命を帯びている。

大災禍と呼ばれる〈アンノウン〉との戦争に、一応の勝利と形式上の平穏を手に入れてのち、臨時政府は対〈アンノウン〉迎撃体制の構築に勤しみ、この関東の地に東京、神奈川、千葉の防衛都市を築いた。

そこで戦うのは、――戦えるのは、世界の終わりを味わって、夢から覚めた少年少女だけ。

コールドスリープの副産物、あるいは副作用として発現してしまった異能力を持つ者だけだ。

その異能力は実に多様だ。まさしく個性の代替とも言えるだろう。

手から炎をまき散らす、触れずとも物を動かす、人の心を読む、空を飛ぶ、重力を操る、そうした能力をいつしか〈世界〉と呼ぶようになった。いわく、個々の精神世界を現実世界に再現するが故らしい。

そうした異能力を持つ者たちの中でも、とりわけ飛翔能力を有する者が多いのが、朱雀とカナリアが属する東京校だ。

おかげで、彼女も自身が空を飛べないことに思うところがないでもない。しかし、普段はそんなことをおくびにも出さず、笑みを絶やさずにいる。

けれど、たまにふと、そのことが頭をよぎることがある。

それは決まって、今のような瞬間だ。

遠くで朱雀が空を飛び回り、誰よりも無茶をして戦っている、その姿をただ見つめることしかできない、そんな瞬間——。

カナリアの眼前では、今まさに朱雀が一人きりで戦っていた。

波濤を蹴立て、斥力球を伴って疾駆する。

飛び込んでくる〈アンノウン〉を紙一重に躱しざま、その銀色のボディを激しく殴りつけ海へと沈めた。

敵が浮かび上がってくる瞬間を狙い済まして、斥力球が弾ける。直撃を受けた〈アンノウン〉はその身体を撓ませて消滅した。

一体倒すごとに、朱雀の飛ぶ速度は増していく。斥力球の反発を利用し、弾かれるようにして、〈アンノウン〉に飛び掛かっては、その力場を叩きつける。

「無能がっ！　無能がっ！　無能がああああっ！」

雄叫びめいた朱雀の咆哮が響く。

ガントレットを振るって、頭上に黒い球を出現させると、それを抉り込むように前方へと射出した。その直撃を受けた〈アンノウン〉は上から巨大な錘をぶつけられたように、ひしゃげ、飛沫とともに沈没していく。

しかし、残った〈アンノウン〉が怯むことはない。攻めてきた時とまったく変わらず、無機質な頭部を朱雀に向けると、熱線を吐き出した。それを朱雀はつまらなげに躱す。舌打ち代わりに小さく唸(うな)って、無数の斥力球を前方に展開し、そのままぶつけた。

やがて、力場に飲み込まれて、〈アンノウン〉が消滅する。

「…………」

敵を一掃したことを確かめて、朱雀がふっと冷めたため息を吐いた。だが、そのガントレットの拳は勝利の栄光をつかみ取るがごとく、ぐっと強く握り込まれている。

それをカナリアは遠くから見ていた。

現着したその瞬間に、朱雀は迎撃を完了し、戦闘は終わっている。であれば、今、声を掛けても何も問題はなかっただろう。しかし、カナリアは一瞬躊躇(ちゅうちょ)してしまう。

一人で戦ういっちゃん、かっこいい……。なんて場違いな感想が頭にちらついたのが理由の一つ。けれど、それは些細(ささい)な理由。些末で、だからこそ、無意識的でカナリア的なカナリアの想いなのだが、そのことをカナリアはとりあえず脇に置いておく。

些末な理由を脇に置いてしまうと、大きな理由が見えてしまう。

一人で戦ういっちゃんは、本当に一人で充分なんだろうなぁ、と。一抹(いちまつ)の寂(さび)しさを抱いてしまったから、カナリアは声を掛けるタイミングが少しだけ遅れてしまった。

もっとも、そんなことに寂しさを覚えるのは、カナリアだけだろう。現に、カナリアと一緒に来た少女たちは、朱雀に憧れめいた視線を向けていて、寂しさなどとは無縁のようだった。

だから、カナリアは些末な理由も大きな理由も感情も言葉になって出てしまわないように、ペリカンさながらに口の中に溜め、鵜よろしく、とりあえず飲み込んでおくことにした。

そしていつも通り、カナリアがカナリアらしいと自分で思っている姿を表に出してみせる。準備も練習もちゃんとしている、カナリアらしさを。

「いっちゃーん!」

遠間から声を掛けられて朱雀が振り返った。戦闘を終えて間もないというのに、その表情はいつもと変わらない。戦闘そのものが、一人で完結させることそれ自体が、彼にとって当たり前のことなのだ。

「終わったぞ、カナリア」

平然と答える朱雀に、カナリアの無駄なお茶目心と、無意味なお姉ちゃん魂がむくむくと湧き上がってくる。しばし喉の調子を確かめるように咳払いした。

「終わったぞ、カナリア……じゃないよ! 独断専行は危ないって何回言ったらわかってくれるの——わったたった!」

クオリティの低い物まねから一転、お姉ちゃんぶったお説教。

しかし、張り切りすぎたせいか、はたまた生来の運動神経の悪さのせいか、カナリアは不安定なゴンドラの上でわたわたとたたらを踏んだ。

「あ……」

朱雀が何か言いかけたその瞬間、あにはからんや、あわれカナリアは海の底へと真っ逆さま。

「あぶろろぶるるおぼるる……」

泡をぶくぶく吐きながら、カナヅチは沈んでいく。それを見て、朱雀はやれやれとばかりにため息を吐くと、すぐさま斥力球を海中に向けて放った。海面に近寄ってぐいと、カナリアを引き上げる。ぴちゃぴちゃ、ぴちゃぴちゃ、らん♪らん♪らん♪な行水カナリア水浸しの姿を見て、またぞろため息がこぼれ出てきた。

「……だから俺一人で充分だって言ったんだ」

「うー……」

抱きかかえられたカナリアは不満そうにうめいてみたものの、抗弁の言葉はついぞ出てこなかった。

×　×　×

前線基地に設えられたシャワー室に、ご機嫌そうな鼻歌が響いていた。

その声の主はカナリアだ。

抜けるように白い柔肌がお湯を弾き返し、照明にきらきらと輝きを返す。淡く虹が架かるような湯気はまるで極北のオーロラのように、その肢体を覆い、どこか神秘的にさえ見せていた。

鎖骨のくぼみからこぼれた泡まみれのお湯はたわわな胸元に一時溜まり、そして、流れていく。なだらかで滑らかで艶(つや)やかな腹には傷一つ、染み一つなく、時折、その水滴が臍(へそ)にとどまった。かと思えば、くびれた腰を伝って、柔らかな太ももと形の良い脚、すらりと伸びたふくらはぎを流れていく。

泡と湯気とオーロラとに包まれたその姿は、とある絵画のモチーフを思わせる。

宇多良カナリアという少女は、正直に言って頭はだいぶ残念で、ありていに言ってかなりのアホではあったが、控えめに言っても美少女なのだ。

潮水を綺麗さっぱり濯(すす)ぎ落として、カナリアは満足げに嘆息(たんそく)すると、シャワーを止めて、脱衣所へと出た。

シャワー室に準備されていたバスタオルで身体を拭(ぬぐ)っていると、思い出されるのは、先ほどの朱雀の戦う姿だ。

コールドスリープから目覚めて、カナリアと朱雀が再会しておよそ一年。その間に、朱雀が一人で戦う姿は何度も見てきた。

その度(たび)に、自身は飛べもせず、戦えもせず、できることといえば、歌うことと見守ることだけだった。

けれど、そうして見守る都度、ふと、あの大災禍の日の男の子の姿が思い起こされる。

少年と、男の子。その姿が、驚くくらいに——。

——同じに思えた。

無論、同じ人なのだからまったくもって当たり前のことなのだが、あの泣きじゃくっていた男の子の表情を思い出すだに、カナリアの胸はきゅきゅーっと締め付けられ、あるいは苛烈に勇ましく、広い背中や精悍な横顔を見るにつけ、きゅんきゅんと鼓動が速くなる。

その二つの感情や反応に、カナリア自身は明確な区別をつけることはしない。言葉にしたところでさしたる違いがあるわけでもない。どちらに対しても、おそらく同じ言葉のラベリングがされてしまうのだから。であれば、その二つは同じものであると言っていいだろう。

ただ、明確に違うところと言えば、一つ。

「いっちゃん、ちっちゃい頃は可愛かったのになあ……」

下着を身に着けるしゅるりという衣擦れの音に交じって、呟かれる独り言は思っていたよりも大きかった。おかげで、換気のためか、わずかに開けられた脱衣所の窓、その向こうから声がかかる。

「いっちゃんはやめろ。何年経ってると思っている？　今は同い年だろうが」

その言葉にカナリアがぷくーっと膨れる。

「うー……わたしがもうちょっと目覚めるのが早かったら、先輩のままでいられたのに」

「言ってろ、馬鹿」

「昔のいっちゃんはそんな悪口言わなかった……あっ、あれ？　ん？　おやぁ？」

拗ねるように言ったカナリアが何かを探してきょろきょろし始める。

すると、窓の隙間からフェイスタオルが投げ込まれた。無論、朱雀の仕業だ。

どうにも抜けたところの多いカナリアの介護は朱雀にとってはお手の物。その様はなるほど熟練のセコンドのようでもある。

朱雀はその後も、クリーニング済みの制服や洗顔ボトル、スキンケア用品にドライヤーと手際よく並べていく。その様はなるほど往年のおかんのようでもある。しかし、平然と介護セコンドおかん業をこなしてみせる朱雀の胆力たるや目を見張るものがあろう。

そして、お互い姿が見えないとはいえ、それらを疑問に思うこともなく受け取るカナリアもなかなかどうして豪胆である。というか、おかしい。

そのちょっとどこかずれたおかしなカナリアが、やはり少しずれている朱雀に常識を説き始めた。

「でもでも真面目な話。このままだとよくないって、お姉ちゃん思います！」

「お姉ちゃんもやめろ。何がだ」

「協調性がないって話！　三都市会議でも言われてたでしょ。うちの学校、いまいちトップの好感度が、って……」

ドライヤーを手にスイッチオン、ぶおーと吐き出される熱風に、金色の髪がなびく。その音に交じって、朱雀が鼻で笑う声がした。

「好感度？　そんなものは豚にでもくれてやれ。仲良しこよしの学園に通っているのじゃあるまいし」

「だけど、戦場で何かあったときとか、最後のところで、仲間の信頼や阿吽の呼吸が物を言うかも」

カナリアは髪を乾かしながら、少し首をすぼめる。

「俺一人がいればいい。無能に何をされようと邪魔なだけだ」

「もう……」

せっせと制服を着こんでいると、タイミングよく窓の隙間から帽子が差し入れられた。それを受け取り、頭にかぶると、きゅきゅっと身づくろい。

今しがた吐いたため息はすっかり忘れて、鏡の前でとびきりの笑顔を作る。練習とばかりに、ダブルピースもしていた。

自身の笑顔の出来に一定の満足はしつつも、まだまだ精進あるのみ！　と、あくなき笑顔の探求者はまたぞろ鼻歌交じりにうきうきるんるんで脱衣所を出た。

その間際、ドアが開く音と遠ざかる足音に交じって、小さな呟き声がある。

「……それに、俺がほしい好感度は一人からだけだ」

朱雀壱弥の、誰に向けるともない言葉がカナリアに聞こえていたかどうかはわからない。けれど、聞こえていたところで、何が変わるということもなかっただろう。感情や事象は理解しても、それが自身に結び付くことまでは理解できなかっただろうから。

一人で充分なのだ。彼も彼女も、互いに。

だから、朱雀の呟きはただ吹き抜ける潮風の中に溶けただけ。そうして、前線基地の外、壁に背中をつけて待っていると、やがてカナリアがやってくる。

「お待たせ！　さっき、なにか言った？」

先ほど鏡の前でしたように、カナリアが朱雀に笑顔を向ける。ついでに、片手でピース！　どうやらダブルピースで練習していたことはすっかり忘れていたようだった。三歩以上歩いてしまったから仕方がない。

ともあれ、練習のかいあってか、カナリアの笑顔は一級品のあざとかわいさを発揮している。思わず、朱雀は一度深呼吸をしてから、目を逸らす。

「……なんだそのいかにも練習した顔は。あざといんだよ、馬鹿」

「またバカって言ったー！」

「もう会議の時間だ。行くぞ」

ぷんぷんぷんすか言いながら憤慨(ふんがい)するカナリアに、にべもなく言うと、朱雀は先に歩き出す。その後ろに、カナリアがちょこまかとついて回る。

それが二人のいつもの距離感だった。

潮風が気持ちよく吹き抜けていく沿岸部を二人は歩いていく。

前線基地の周囲には、先の戦闘でカナリアを運んでくれた後輩の少女たちが、自動販売機の前でたむろし、おしゃべりに興じている。

彼女たちが、朱雀とカナリアに気づき、慌ててお辞儀をした。

それに、カナリアが立ち止まり、笑顔で会釈を返すと、少女たちはきゃあきゃあはしゃぐ。

しかし、朱雀はその二人のことがまったく眼中にないようで、さっさと先へ行ってしまった。

「あ、ちょ、いっちゃ……もう！」

呼び止めてはみたものの、それを聞く朱雀でもない。ぷくっとふくれっ面をして、たしっと地団太を踏むカナリア。少女たちに誤魔化すような愛想笑いを向けると、慌てて朱雀の後を追った。

足を進めた先にあるのは、駅のホームだ。

ホームに停まっている電車は新宿三丁目臨海駅から南関東管理局へと向かう。

かつての世界において、新宿は内陸部にあった。けして海に面してなどいなかった。その海岸線が変わったのはおよそ三十年前の、あの戦争の時だ。〈アンノウン〉による空爆はもとより、それを迎撃する人類側の爆撃もあった。その度に地図は書き換えられたのだ。

しかし、ここ数年、その更新はない。

ひとえに、防衛体制が整ったが故であろう。

学生たちの自治によって運営される東京、千葉、神奈川それぞれの防衛都市。そして、それらを統括管理する南関東管理局。その存在が〈アンノウン〉の侵略を食い止めている。

そのかいあって、現在の戦線は膠着状態だ。散発的な〈アンノウン〉の襲撃はあるものの、大規模な侵攻はなく、学生たちの戦闘行為で対応は間に合っている。故に、戦争は日常に代わり、気づけば既に、未知との遭遇は既知との戦争になり果て、ルーティンワークと化していた。

そうした余裕からだろうか、各都市の首脳を集める会議を定期的に行うなどと悠長なこともしていられる。これから朱雀たちが向かうのもそうした定例会議の一つだ。

列車に乗り、座席に着くやいなや、カナリアが小さなため息を吐く。

「減るもんじゃなし、もうちょっと下級生に愛想よくしても……」

「魂のレベルが下がる」

「魂のレベルってなに!?」

先の後輩への態度をたしなめても、朱雀はまるで取り合わない。そうこうしているうちに朱雀たちを乗せた列車が動き出した。

車窓を流れる外の景色は、お世辞にも美しいとは言えない。戦争の爪痕は未だ癒えることなく刻まれていた。

崩れ落ちたビル群は海に侵食され、過去世界の遺構の上から新時代の技術でもって作られた建造物が積み上げられている。

ひどく歪な光景だった。

遠くに見える管理局のビル群と、とうに後ろへ流れていった東京校のビルディング。高い建物はそれくらいだ。あとはただ、粗雑に積み上げられた瓦礫と、潮風に錆びついた鉄屑が打ち捨てられているだけ。

生活の基盤となる都市部こそ復興され、在りし日と変わらぬ賑わいを見せているが、それ以外の場所はいまだ荒廃したままだった。

その景色も、朱雀とカナリアには見慣れたもので、ともすれば見飽きたものであった。もはや、窓の外に目をやることもなく、カナリアはもぐもぐむぐ幸せそうな顔でおにぎりを食べ、朱雀は隣には目もくれずに仏頂面で本を読んでいる。

『猿でもできる！　正しい気持ちの伝え方　vol.3』と題された、幾分時代がかった本のページを繰っていると、カナリアがえほえほおほおほ咽せた。

すると、タイミングよく、隣の朱雀からペットボトルのお茶が差し出される。受け取ったカナリアはほっと一息。はふーという間の抜けた声を漏らした。

それから、列車に揺られることしばし。

不意に、外の景色が変わる。

荒れ果てた廃墟や瓦礫の山を越えると、都市部のビル群が見えてくる。南関東管理局はかつての都道府県区分で言う埼玉のあたりにあり、ここもまた都市生活が送れるように整備がなされている。

駅に着き、列車を降りた朱雀が忌々しげに管理局ビルを睨む。

「全く、面倒だな。戦闘以外の些末な問題に、なぜ思考を割かねばならないんだ……」

「そんなこと言わない。いっちゃんは立派な東京のトップなんだから。会議に出るのも大事な役目」

いつものように、カナリアが胸を張って、お姉ちゃんぶったお説教をする。と、朱雀がぴくりと眉を動かし、半眼で見た。

その視線に、カナリアがほへ？　と首を傾げた。

「なに？」

「その『いっちゃん』って言い方、他のやつらに教えていないだろうな？」

「えっ？」

カナリアはぱちぱちと瞬きをして、こそっと視線を逸らす。そして、すすすっと足早に朱雀を追い抜き、一足先に管理局の受付へ向かう。

にこやかに笑う大人の警備員の横を通り抜けて、入り口のゲートを通過すると、レーザー光が走り、首後ろのコードを認証する。『朱雀壱弥』『宇多良カナリア』それぞれモニターに名前や顔写真、所属等の情報が表示されると、ドアが開く。

そのままオフィスビルのような廊下を歩いていく朱雀とカナリア。と、朱雀がやれやれとばかりにため息を吐いた。

「道理で、神奈川のアホ娘が、たまに変な呼びかたをしてくると思った」

「ひぃちゃん？」

「そう、天河。アホ娘だったからよかったが、もしも千葉のカスくんに伝わりでもしたら、切腹自殺モノだぞ」

どこか切迫した様子の朱雀の言葉に、カナリアがくすくす笑う。

「気にしすぎだよ～」

「切腹するのはお前だけどな」

結構繊細なところがあるんだよね、なんてほほえましい気分で朱雀を見つめていると、朱雀がじろりと冷たい視線を返した。そんな拗ねた子供みたいなところも……などとカナリアが思っているうちに、朱雀はふいっと視線を外して、すたすた先へ行ってしまう。いやいやそういう冷たい態度もなんだか気持ちいい……などなど思いながら、相変わらずのニコニコ笑顔で朱雀についていくカナリア。カナリアは、率直に言ってマゾだった。

得も言われぬ幸福感に包まれていると、ふと今さっきの朱雀の言葉がすとんと腑に落ちた。

「えっ」

カナリアは、ぶっちゃけて言って抜けていた。

×　×　×

広い管理局内をてくてく歩き、会議室へとやってくる。

「すみません、お待たせしました」

カナリアが一言詫びを入れて中へ入ると、そこには既にいつものメンバーが揃っていた。

三角形に組み合わされたテーブル、その一辺にそれぞれ、神奈川と千葉の首席、次席が着席している。

その中の一人が立ち上がってぶんぶんと手を振る。

色素の薄い髪を二つに括り、紅く色づいた大きな瞳はくりくりとしている。その、可愛い顔立ちにぴったりの華奢で小柄な体軀。されど、白を基調とした制服の胸元は豊かに盛り上がり、さながらトランジスタグラマーといった魅力を放っている。

だが、その少女の、神奈川都市首席・天河舞姫の一番の魅力は潑剌とした屈託のない笑顔だろう。

「お疲れさま！　聞いたよ～、来る前に一件片づけてきたんだって？　カナちゃんたちのおかげで、また世界が平和になったね！」

平和、と口にするその表情は心底嬉しそうで、その笑みを見るとカナリアも元々緩みがちな頬がさらに緩んでしまう。

「大げさだよ～」

「ううん。そんなことないよ。この一歩一歩が大事なんだから。昨日より今日、今日より明日！　昨日の明日は今日！　明日の昨日も今日！」

カナリアがえへへーと照れたような笑顔で応えると、舞姫はふむんと胸を張って滔々と語る。

が、はてと首を捻った。

「……つまり？」

すると、すぐ傍で侍るように座っていた黒髪の少女がすまし顔で静かに頷く。その拍子に、一つに括った艶やかな長髪がはらりと流れる。

「つまり、一日一日を大事にしよう。とヒメは言っている」

涼し気な目元と落ち着いた声音、しなやかな肢体に硝子細工のように綺麗な顔立ち。

その存在感もあってか、神奈川次席・凛堂ほたるの放つ雰囲気と言葉には有無を言わさぬ、されど静かな迫力がある。

ほたるの言は過保護に等しい拡大解釈だったが、当の発言元はその降って湧いた金言にいたく合点がいったらしい。

「そうか！　そうかも！　そうだった！　今こそすべて！　今を生きろ！」

「さすがヒメ。素晴らしい言葉だ」

喜色に満ちた舞姫が両腕を大仰に振りかざして弁じれば、感嘆に瞑目したほたるがすかさず手放しに称賛する。信頼以上の絆で成り立つ彼女たちの関係性が見事に表出した対話だったが、客観的に見ればただのよく仕上がったヨイショ芸である。

「ふん、アホどものくせに……」

朱雀は悔し気に呟くと、会議室前方にある球体ビジョンをちらと見やる。そこには先ほどの湾岸部での戦闘結果と、最新の個人ランキングが映し出されていた。

この防衛都市群には戦果を数値という形で評価し、個々人が獲得したポイントをかの戦争に対する貢献度として序列化するランキングシステムが導入されている。

1位天河舞姫、2位千種明日葉、3位凛堂ほたる、4位朱雀壱弥。

と、そこまでで朱雀の視線は止まり、自身より若い数字の羅列を射殺すように睨んでいる。

「まーたランキング気にしてる奴がいる」

朱雀の背中に、くあと、気の抜けた欠伸交じりの声が届いた。

振り返ると、これまた気の抜けた表情、瞳の精気がいやに薄い、黒いボサ髪の少年が眠たげにしていた。

薄目程度に細められた千葉都市次席・千種霞の視界は朱雀を捉えてはいない。今も、霞の顔は気だるげに、あらぬ方へ向けられていた。

「……100位台が何か言ったか?」

ぴくりと眉を動かす朱雀。それを一顧だにせず、霞ははっとつまらなげな吐息を漏らした。

「今は207位なんだなぁ、これが」

「まだ下がるのか……」

「ランキングなんかで一喜一憂しているようじゃ、底が知れるって話」

呆れと驚愕の入り混じる朱雀の声にも霞は態度を崩すことがない。それどころか、ランキングはよっぽど下なのに、どこか余裕があるようにすら見えた。

だがその余裕に茶々を入れるように、気だるげな皮肉が投げ掛けられる。

「底が知れるとかマジウケる。お兄ぃの下がりっぷりは底知れないもんねぇ」

霞の背後の椅子の上で、体育座りをする少女……やる気のない低温度な瞳は、手元の携帯端末に釘付けだ。

赤っぽい茶髪はふわふわ波打ち、はっきりくっきりしているはずの瞳は眠たげに、短いスカートの裾からは愛銃を収めたホルスターがちらちらと。

細身の体躯と眠たげな顔が猫を思わせる彼女、千葉都市首席・千種明日葉は、その堅苦しい肩書にはそぐわぬ、ニュートラルにローテンションな少女だった。

明日葉は霞の座る椅子の背もたれを、つま先でつついて揺らしていびる。

霞も霞で自信ありげ誇らしげな笑みを口元に浮かべたまま、椅子を揺らされるたびに、頭を軽く揺らしている。そのノンバーバルコミュニケーションは傍目には子猫が親猫に甘噛むのに似ているように映ったかもしれない。

「俺は妹の七光りでここにいるだけだからな。別に順位とか関係ないし」

卑下とも謙遜とも、あるいは挑発とも取れる霞の低い呟きを、朱雀は聞き逃さなかった。

「おっと、自覚はできているんだな。あとは身分の違いと人権の違いをわきまえるだけだ」

「さすが4位さんは言うこと違う」

嬉々として反撃の弓弦を引いた朱雀だったが、霞は躱しもせずに淡々と射返した。

相手の順位を揶揄する朱雀こそが、誰よりもランキングに固執している事実。そして、三都市総合4位という好成績にありながら未だ1位の高みにまでは到達しえぬ事実。それらは朱雀自身が一番理解している。そして、二番目に理解しているのは霞なのかもしれない。いずれにしても、どの事実もなかなかに気に入らない。朱雀が皮肉気に口を吊り上げる。

「人の名前はちゃんと覚えような、千葉カスくん」

「そうね。いっちゃんさん？」

爽やかににやけた顔の霞に、朱雀が押し黙ると、言葉のかわりにカナリアをぎろっと睨む。

「あはは……」

カナリアは困ったように笑うと、先の切腹という言葉を思い出したのか、後ずさりしてお腹を擦る。

そんな消え入りそうな作り笑いに、野放図な笑い声が豪快に覆いかぶさった。

「今日もお前らは仲良くやっていて大変結構！」

軍靴の音も高らかに現れたのは壮年の男、地域管理官・朝凪求得。各防衛都市の上官である。

そして朝凪に並び立つ女性、同じく地域管理者・夕浪愛離が、困ったように朝凪を諫める。

「笑わない。あなたが仕切らなくちゃダメでしょう」

「上に四の五の言われて戦うより、こっちのがこいつらしくていいだろう？」

「本部に叱られるわよ」

「現場を知らん老人どもだ。言わせとけ」

「もう……」

夕浪は頭を振ると、咳払いを小さくして気を取り直し、各都市首脳陣を見渡した。

「それでは、各都市代表も揃ったようですし、定例会を始めましょう」

夕浪の浮かべた表情は優しげな微笑みであったが、各都市首脳陣は改まって着席し、居住まいを正すのだった。

×　×　×

「さて、今後のアンノウンの侵攻予測についてだが……」

作戦図を示す朝凪の眼と声が、鷹揚な保護者のそれから職務を遂行する管理官の色に変わる。

「つい先程、巨大なアンノウン警報が観測された。ここ数日の規模ではない、おびただしい数の増援が予想される」

立体モニターの南半球にぼうっと浮かびあがる亡霊めいた影は、敵勢力を表すマーカーが無数に折り重なった百鬼夜行の標。招かれざる異形の大軍が目指す先には、防衛都市それぞれを象徴する三色の御旗。

球体ビジョンの横に立って夕浪は言った。

「これを受けて、管理局は東京・神奈川・千葉の三都市の協力作戦がベストだと判断するわ。──なにか意見は？」

そう一同に問いかける夕浪に、朝凪はちらと一瞥をくれる。

僅かに細められた朝凪の目つきは、苦笑いのそれであった。

夕浪は上官としての定型句を述べたつもりなのだろうが、こと相手が彼らで作戦内容が内容だけに、意見を求めるのは悪手であるのだが……一度出た言葉は戻らない。

夕浪管理官が学生たちに向き直ると、神奈川首席が勇ましく拳を振り上げた。

「よし、話は聞かせてもらったぞ！」

「まあ、みんな聞いてたからな」

朱雀の的確すぎる指摘には、すぐさま舞姫のかたわら方面から物騒な鍔鳴りの音が続いたが、あまりにも正論過ぎて牽制の域を脱することはなかった。

なかったので、舞姫は気付くことなく揚々と続ける。

「協力作戦、いいじゃない。そういうの大好きだよ！　よし、みんなついてこーい！」

「ああ。地獄の果てでもどこまでも」

刀の柄から手を離したほたるは真顔で深々と頷いた。明日葉が携帯端末を操作しながら顔を上げることもなく続く。

「おヒメちんが全部やってくれるなら、なんでもいいよ～」

「仲良くやろうね、みんな仲良く！」

カナリアも長閑な笑顔で追随する。千葉・東京の賛同を得たことで、神奈川首席は無敵の援軍を得たようだった。力強く頷いてみせる。

「うん！　みんなで力を合わせれば、どんな敵だってへっちゃらだよ！」

「みんなで、ね……」

朱雀が苦い顔をする。と、その表情から何か察したのか、霞が小さく咳払いをした。

「すまん、ちょっと作戦にわかんないとこあんだけど、確認してもいいか？」

「千葉カスくんにわかることなんかないだろう。遠慮なく黙っておくといい」

朱雀は沈黙令を発布したが、霞はまるで応じない。

「協力っていうのは、お互いの実力が同じときに成立する言葉だよな」

「お？」

黙れと言ったのに黙らないのは気に入らないが、しかし千葉カスくんにしては殊勝なことを言い出すじゃないか。朱雀は思わず聞き入ってしまった。

「つまり、誰かがひとりだけ劣っていたら、全体のレベルを落とすことにしかならないわけだ」

「ひょっとして、ついに自覚できたのか、２０７位くん。いつものことだから気にしなくていい。後方にいれば邪魔にはならないから」

朱雀は微笑んだ。いつになく柔和で晴れやかな微笑だった。勝者の余裕とも言えた。だがそれは敵の巧妙な罠だった。霞は静かに目を閉じてうんうん頷いてみせる。

「そうそう、俺はいつもみたいに引きこもっているから安心。でも、前線に立つトップはそういうわけにはいかないんだよなぁ……」

「ん？」

朱雀は違和感に気付いた。ふたたび開かれた霞の目は、なぜか自分へ向いてはいない。なぜか指折り数えながらその視線は天河舞姫や千種明日葉をちらりちらりとたどっている。

「1位、2位、4位……」

そしてそのまま俯いて薄いため息を吐いた。

「なんかひとり、表彰台に上がれてない可哀想な子がいるんだよなぁ……」

あくまで朱雀壱弥を視界に入れず独白の態を貫くその姿勢が朱雀壱弥には洒落くさかった。

「……あ？」

「なに、自覚できてなかったの？　明らかに首席同士の実力差があるのに、こんな作戦成立するわけないでしょ……」

えっ人間は空気がないと生きられないよ？　ぐらいの霞のトーンだった。洒落くさかった。もはや朱雀は喉から血をほとばしらせんばかりのトーンで「無能がッ！」と叫ぶわけにはいかなくなった。肩で笑って涼しげに言い返す。

「カスゴミくんの分際で、作戦に口出しとは偉くなったものだな」

「自覚のないクズ雑魚さんほどじゃねぇよ」

呆れ交じりにさらっと言う霞の返答に、朱雀が勢いよく席を立って睨み付けた。

皮肉の応酬となれば、理屈屋で口達者な霞に分があり、朱雀はいささか旗色が悪い。

すると朱雀にとっての援護射撃が、意外なところから飛んできた。

退屈そうに、携帯をいじりながら、明日葉が口を挟む。

「実際、お兄ぃは引きこもってるほうがあたしは安心だけどねー。身体能力ゴミだし。お兄ぃっていうかゴミぃだし。ウケる」

「ウケねぇよ。……いや、ウケないよ？　マジで」

「………」

たわいもない兄妹のやり取りに、朱雀は毒気を抜かれて、明後日の方へ顔を背ける。

霞と言い合いをする無益を悟り、引き下がったが、しかし対抗意識は未だ冷めやらず、朱雀は朝凪に向き直る。

「要するに、敵を殲滅すればいいわけだな」

「ああ、だが……」

言いかける朝凪を遮って、朱雀は断言した。

「こんなカスやアホと協力するまでもない。俺一人で充分だ」

「いっちゃん！」

そしてカナリアの制止も聞かず、朱雀は会議場を後にしてしまう。

残されたカナリアは、針のむしろといったように、あわあわきょろきょろはわわわわ。

朝凪は頭をぽりぽりかいて、苦笑いを浮かべる。

「ま、こうなるとは思ってたけどよ」

夕浪はため息をついて、残る面々――特に、霞にお咎めの眼差しを向けた。しかし、睨むでなく、眇めるでなく、見つめる優しい瞳だ。

「忘れないで。私たちは未だ戦争中なの。……いつ何が起こるかわからない。いつまでもこのままでいられては困るわ」

「…………」

口にする言葉は字面だけを追えば、確かにお説教の類に他なるまい。しかし、その柔らかに包み込むような声音で、祈るように言われてしまうと、反論も抗弁も難しい。霞は声は出さず、小さな首肯を二、三度して返すにとどめた。その態度に、夕浪は困ったように笑むと、再度、深いため息をつく。

すると舞姫が明るく元気に拳を振り上げた。

「だいじょーぶ！　ケンカするほど仲が良い！」

「うん。ヒメは度量が大きいな」

舞姫に向けるほたるの眼差しは温かい。

楽天的な神奈川勢だけが、夕浪にとって唯一の救いだった。

×　×　×

南関東管理局の最上部には、鮮やかな緑の生い茂る美しい屋上庭園が設えられていた。

かつて彩の国と呼び称されていたこの辺りは、大災禍での大幅な人口減少と相まり、旧時代にも増して緑深き一帯となっている。しかしこの庭園は、それら暗く鬱蒼とした森林とは様相を異にする。

瑞々しい薫風が渡り、華々しく花弁が舞う、いつかの世界を懐かしむための模擬的な楽園だった。

会議場を脱してきた朱雀壱弥は遊歩道の先の樹の下、細い丸太の柵に身体を預け、人工の天蓋に投影された空を仰いでいた。

押しつけがましいまでの蒼さに、我知らず額に手をかざす。

どこまで本物か知れない陽光に血潮が透けて、朱雀は一瞬ばかり世界が朱に染まった錯覚に陥った。

よぎるのは、脳裏に、精神に深く刻まれた終わりの赤。

その、忌々しい記憶を握りつぶすようにぎゅっと拳をつくる。朱雀の頭上には屋上庭園の白々しい空が戻っていた。

記憶も過去も弱かった自分も決してなかったことにはならない。やるかたない思いに、気付けば拳を柵に打ちつけていた。

骨に響く痛みで我に返り、そこに擦過傷が走っていることは分かったが、朱雀はなおも空を睨み続けていた。

どこかで金属扉の開く音がして、やがて静かな足音が近付いてきても、まだ彼は同じ体勢のまま動かずにいた。立ち去る必要がないのは慣れ親しんだ気配で察することができた。

「……みんな、帰っちゃったよ」

予想通りの責めるようで責めてはいない声。カナリアがすぐ正面で立ち止まるのを待って、朱雀はしかしいまだ頭上を仰いだまま訊く。

「……あの日から目覚めるまでのこと、覚えているか？」

「コールドスリープのとき？」

怪訝そうにカナリアが首を傾げると、朱雀は小さな呼吸ひとつで首肯した。

「俺はずっと夢を見ていた。……今も見る。地面を這いつくばって、重たい何かに押しつぶされて、大切なものが奪われていく夢だ」

朱雀の正面に立っていたカナリアは一言も挟まず、ただ静かに受けとめながら彼の横にそっと並んだ。柵に背中を預ける朱雀とは反対に、ちょっとおどけて身体の前面を柵にもたせるような姿勢で。

「俺たちは終戦直前にコールドスリープされたから、あの戦争の記憶がある。燃え盛る大地、崩れるビル——人類の絶望」

目を閉じれば、鮮明に蘇る地獄絵図。

あの中を彷徨い歩き、知ったのは、己の——否、人間の無力さ。

「でも、今の俺たちには能力がある。〈世界〉がある」

勝利宣言さながらに語気強く言い放った朱雀が、不意に虚空へ手を伸ばす。何をか摑まんと握ったその拳の中指に、人工楽園の陽光を弾いて金色の指輪が光った。それは文字通り彼が、あるいは彼らが夢に見た世界を現実に映すための触媒。

しかし朱雀の幾度目かの決意表明も、今のカナリアにはあまり届いていなかった。彼女の意識に留まったのはすでに見慣れた装飾品ではなく、その下、かすかに血が滲んだ朱雀の拳の擦過傷だ。

慈母のような、と形容するにはいささか親しみの籠もり過ぎた微笑を浮かべて、カナリアはその細腕を自身の背後へと回す。朱雀と同じ金色の指輪で飾られた指が、首の裏に刻まれた紋様にそっと触れた。

すると、カナリアの右手に光が集束し、集束した光は筒状を成す。

ちょうど手に収まるサイズのそれは、金色の片翼を装飾としてあしらったマイクであった。

カナリアはそのマイクに囁くように、そっと口ずさむ。

風に乗る伸びやかなメロディを。

ひたむきな願いを込めた歌詞を。

目を閉じ、その歌に耳を澄ませる朱雀……カナリアの歌声は、過去に昂ぶる朱雀の心をなだめ、そしてその拳をも癒やした。

朱雀の拳の擦過傷が、淡く、優しい光に包まれ、みるみる塞がり、跡形もなく消える。

朱雀はただ視線だけで礼を告げ、カナリアもそれを承知して頷いた。

「俺の〈世界〉──【空翔ける者】フリーグラビティ。お前の〈世界〉──【愛を唄う者】ハートウォーミング」

「かっこいい名前だね！　そんな名前だったんだ！」

「今付けた」

「へ？」

「〈世界〉が発現した俺は、もう〈アンノウン〉には負けない。ヒーローになるのは、あのとき守られた俺たちの義務だ」

「……うん」

ふと、小さな笑みを浮かべて、相槌を打つカナリアの眼差しは、どこか遠く、寂しげだ。そこから先の話は何度となく聞いた。だから、決まって朱雀が最後に口にする言葉もわかる。

「だから俺たちは自らの能力を最大限に活かし、やるべきことをやる。誰にも甘えず、自分一人でも。……違うか？」

「それが、いっちゃんの哲学なんだね」

カナリアもそれは充分にわかっている。朱雀壱弥、ただ一人が持つその哲学を。哲学の意味までわかっているかはあまり自信がなかったが、ただ一人が持っていることはわかっていた。

だからこそ、カナリアは理解する、承認する、許可する、同意する。

カナリアの相槌に、朱雀は決然と頷く。

そしてふと、痛痒を覚えたように眉をひそめた。

「俺は、無能が嫌いだ。だが、それ以上に、自分の責任を果たさないやつが嫌いだ」

「……霞くんのこと？」

「自分の能力をきちんと活用しない。いつも斜に構えやがって、ああいう無責任男は大嫌いだ」

苦々しさが口いっぱいに広がって、朱雀は吐き捨てる。

顔つきから減らず口から物事に対する姿勢に至るまで、あれほど人の神経を逆なでする男には会ったことがない。

なのに、

「そうだよね。いっちゃんは霞くんのこと、本当は大好きなんだもんね」

そんなことを言われて、朱雀は啞然とした顔で横を向く。

すると、カナリアはまるで「わたしはいっちゃんの良き理解者なのです！」と言わんばかりに目を閉じて大げさに頷いている。その顔を見て、朱雀は頭痛を抑えるようにこめかみを押す。

「カナリア、人の話を聞いていたか？」

「ちゃんと聞いていたよ！　いっちゃんの言葉ならなんでも聞いてるよ！」

「じゃあなんでそういう発想が出る！　いつまでたっても呼び名も変わらないし……そういや、カスにも伝わってたな」

「うっ……」

じろりと朱雀に睨まれて、カナリアは慌ててお腹を隠す。

呼び名漏洩（ろうえい）の件については、よっぽど朱雀はお冠のようで、なかなか機嫌を直してくれない。

「こ、困ったときは……」

そこでカナリアは意識的に口角を上げて、ダブルでピースを作ろうとしたが……、

「……そのあざとい顔をすればなんでも許されると思うのは大間違いだからな……」

釘を刺されてしまい、口角が引きつる。計四本の指も、伸びきることなく沈んでいった。

もっとも、朱雀に釘を刺されずとも、カナリアはすぐに笑顔を引っ込めざるをえなかっただろうが……。

突如、穏やかなひとときを破って、けたたましいサイレンが鳴り響いた。

非常事態を意味するそれに、朱雀とカナリアははっと顔色を変える。

すぐに口早なアナウンスも流れてきた。

『緊急連絡、湾岸部全域に〈アンノウン〉の大規模な侵攻を確認。……繰り返します、緊急連絡、湾岸部全域に〈アンノウン〉の大規模な侵攻を確認……全都市、総力をもって迎撃にあたってください……』

「もう？　なんだか最近、〈アンノウン〉の発生予測が追いつかなくなっているような……」

「分析は後だ。いくぞ」

戸惑い、訝しむカナリアとは対照的に、朱雀は考えるよりも早く動き出す。

「うん！」

カナリアも気を取り直して意気込み、管理局のエレベーターのほうへ行こうとして、はてなと立ち止まる。

朱雀はなぜか、真逆の方向へ行こうとしているのだ。迷子の迷子のいっちゃんだ……と、保護するか手を引いてあげるか一瞬悩んでいると、なぜか朱雀は自身が絶対正義かのように、怪訝な顔でカナリアを見る。

「どうした」

「え、だって駅はこっち――」

カナリアが困惑(こんわく)して言う。

すると、朱雀はむんずとカナリアの腕を掴んで、庭園の端へとずんずん歩いていく。

「……え？　えっ？　えっ⁉」

そしてカナリアは何も聞かされないまま、朱雀とともに飛び降ろされた。

地上の人間が蟻ん子のように見える、管理局の屋上から。

「こっちのほうが早い」

「えええええええっ⁉　――ひぃぃやぁぁぁあああ！」

悲鳴を振り切り置き去りにするほどの速度で、みるみる落ちていく二人。

カナリアは死を予感し、死から目を逸らすように瞼(まぶた)を固く閉じたが、かたや朱雀は冷静だった。

自由落下しながら、右手人差し指の指輪で首筋のコードに触れる。するとガントレットが顕現し、腕を鎧(よろ)う。空間が歪み、斥力球が生じる。

朱雀は再びカナリアを掴み、抱きかかえた。

刹那（せつな）、物理法則が破られる。

朱雀とカナリアは重力の枷（かせ）から解き放たれて、墜落の寸前に急上昇。地面と平行して飛翔した。

目を回しているカナリアをよそに、朱雀の鋭い視線は遥（はる）か前方、東京湾岸を睨む。

× × ×

青い空、白い雲、青い海、白いさざ波——爽やかな東京湾内の光景は今、スプレー塗料でも噴きかけたかのような赤い斑模様（まだらもよう）で穢（けが）されていた。

その赤い点のひとつひとつが、ゲートより滲（にじ）み出てきた〈アンノウン〉だ。

数体のトリトン級を中心に、クラーケン級が数十体、オーガ級に至ってはもはや数えるのも馬鹿らしい。

夥（おびただ）しい数の〈アンノウン〉の群体は、海原を掻き分け、空を我が物顔で飛び回り、海ほたるへと押し寄せる。

× × ×

『えー、千葉と神奈川はもう出発？　ふえぇ～』

インカム越しに、カナリアの困り声が入る。

通信の受け手は東京校戦闘科・嘴広(はしびろ)コウスケ。場所は東京、新宿のど真ん中。〈アンノウン〉出現の緊急警報を受け、東京校の戦闘科の生徒たちは出力兵装の杖(つえ)を手に集合したが、千葉、神奈川には後(おく)れを取った形だ。

生徒たちの間からも「スコア稼(かせ)がれちゃう～」だの「ランキング二桁(ふたけた)の維持が～」だの、焦(あせ)りの声が漏れ聞こえる。

「警報鳴ってもう結構経ちますし、どうします～？　朱雀さん」

コウスケが首席に指示を仰ぐ。

朱雀からの返答は早かった。

『俺はこのまま行く。無能どもはそこに残っているといい』

『あの、翻訳すると我が優秀なる東京校の生徒たちは、俺についてこいという——ひゃあわわわわわ！』

カナリアの翻訳がなければ、それが迂遠(うえん)な出撃命令であると気付ける者がどれだけいただろうか。もはやそれは翻訳ではなく、意訳、あるいは旧時代において映画界で権勢を誇った洋画字幕クリエイトにも匹敵しうる。

そしてぴゅんという風切り音と、カナリアの悲鳴が混じり合ったのを最後に、一方的に通信が切れてしまった。

「もしもし～？」

呼びかけても応答なし。カナリアを抱きかかえて飛ぶ朱雀が、急加速でもしたのだろう。

「……あの人らしいわ」

コウスケは呆れと親しみの混じった嘆息をついて、戦闘科の生徒たちを振り返る。

「よーしみんな行くぞー！　地面走ってる奴らなんかに負けんなよー！」

おー、と生徒たちは鬨の声を上げて、空を駆る杖に跨った。

×　×　×

同時刻。

海ほたるの橋梁に敷設された線路に、房総半島から砲塔列車が荒々しくも超特急で滑りこむ。世にいう暴走特急である。

鉄車輪とレールを軋らせて急停車。同時に各車両の腹部が開き、中から銃を手にした少年少女が雪崩れ出てきた。銃火器型の出力兵装を主兵装に、戦線後方からの遠距離攻撃及び援護に特化した千葉校戦闘科の面々だ。

千葉校生徒らは素早く散開すると、凹凸状の壁高欄に身を寄せて、海上の侵略者達に弾雨を浴びせかけた。

　練度の高さを窺わせる動きは精良。

　しかし、それらの一団とは対照的に、かったるそうに列車から降りてくる二人組……明日葉と霞だ。

　霞はやる気のない目で、敵味方両軍、戦場全体をのぺーっと見渡すと、インカム通信で指示を出す。

「はい、千葉の皆さん、お疲れ様です。適当に指示出しとくから、いつも通り適当に。声かけあって怪我と事故には気を付けてね。うちは労災の審査厳しいから。じゃ、今日も無事故無違反自己責任でよろしくどうぞ」

「ほんとゴミぃは適当だなぁ……」

「明日葉ちゃんに言われたくないんだよなぁ……。ていうかさ、ほんとはこうやって部下に指示すんのって明日葉ちゃんじゃないの？」

「え？　うん。だから指示出してるじゃん」

「いや、出してないでしょ……」

「は？　出してるし。……んっ」

　霞のげんなりした表情に、明日葉は軽く眉間にしわを寄せて、んっと尖らせた唇と視線で霞を示す。

「……あ、部下。俺。俺ね。……確かに部下だな」

「でしょー？」

腑に落ちたーという霞に、明日葉は得意満面上機嫌でふふんと微笑む。すると、霞がうんうんうなずく。

「まぁ、お兄ちゃんって妹の奴隷みたいなとこあるからね、仕方ないね」

「お兄ぃ。言い方。それキモい」

「ええ……」

棘（とげ）のあるじゃれ合いの言葉を交わし、二人はそれぞれ別方向へ歩き出す。

霞は狙撃ポイントに適した海ほたるの上層階に。

明日葉はそのまま、橋の壁高欄の上に——。

両手の二丁拳銃を、ぐるぐる回して〈アンノウン〉の群れを見渡すと、普段やる気のないその顔に、はっきりとした感情が表れた。

兄と敵にだけ向ける、千種明日葉のとっておきの微笑みだ。

×　×　×

戦場と化した東京湾内。

その西から、白波の尾を引いて航行してくる巨大空母が一隻ある。

甲板に、眩い白の制服を纏い、刀槍の出力兵装を携え整列する、精悍なる戦士たちの姿が並ぶ。彼らは近接戦闘においては他の追随を許さない、神奈川校戦闘科の精鋭である。

臆することを知らぬその勇敢な眼光が、前方に展開する〈アンノウン〉群体を射る。

「交戦海域に到着した。対空班は防壁を展開。攻撃班は甲板上から敵を迎撃、掃討する」

そんな彼らに命令を伝えるのは、神奈川次席・凛堂ほたる。

「――で、いいか？　ヒメ」

「ＯＫだよほたるちゃん！」

そして神奈川の全生徒を背負って立ち、大剣の出力兵装とともに堂々敵勢力と対峙するは、神奈川首席・天河舞姫だ。

きらめく白銀の髪と、肩に羽織った重厚なコートが、潮風に翻る様は勇ましい。

舞姫はほたるの確認に首肯すると、手勢を振り返り、獅子吼する。

「諸君、狂宴の時間だ！　我らが鬼神の腕をもって、蒙昧なる侵略者を剣山刀樹に落とせ！」

「「応ッ！」」

一糸乱れぬ統率感に、舞姫とほたるは微笑を交わす。

士気の高さに呼応するように空母は紫電の弾ける防御障壁を展開し、突撃を開始した。

異形の敵と銃弾が飛び交う、人類防衛の、その最前線へ。

×　×　×

「──アホ共、カス共に先を越されたか」

文字通り東京湾内に飛び込んできた朱雀は、海ほたるの上層階、戦場を一望できる露台部に着地した。

すでに戦端は開かれて、あちこちで狂い咲く命気(オーラ)の砲火、そして爆炎。

しかしそこに、朱雀の配下たる東京校の姿はない。

朱雀は「ふみゅー」と目を回しているカナリアをその場に下ろし、今にも飛び出さんと露台の縁(へり)に立つ。

「ちょっと……いっちゃん？　みんなを──」

「待たない。俺一人で充分だ！」

「もう……。はぁ」

制止は無駄と悟ったカナリアは、マイクの兵装に告げる。

「強化」

言霊(ことだま)──カナリアの〈世界〉の特性を、端的に表すのであればそれであろう。

光の環(わ)が朱雀の身体に、纏わって弾ける。

すると朱雀の命気の量が、循環が、劇的な向上を見せた。

そしてカナリアの手持ちマイクの兵装が、スタンドマイクへと変形する。

カナリアは集中し、己の世界に入るように、瞼を伏せた。

直後、粗暴な爆音、騒音で満たされる戦場に、美しき歌声が吹き込まれる。

それは戦場の誰の耳にも届いて、心には安堵を、身体には癒やしをもたらし、再び戦場へ駆り出す力を与えた。聖歌のような神聖なる調べは、戦士たちを鼓舞する戦歌だ。

「雑魚があーッ！」

そしてもっともその戦歌の恩恵に与った朱雀は単騎、縦横無尽に空を翔ける。

彼を取り巻く斥力球が、〈アンノウン〉の命を刈る。

「はっはっはっはっは！」

朱雀の飛行した跡に、〈アンノウン〉は一体たりとも残らない。ただ高笑いを残すだけ。

そんな朱雀の一騎当千、無双ぶりには、神奈川陣営、千葉陣営を問わず誰もが目を瞠る。

ある者は称賛し、ある者は脱帽し、ある者は巻き込まれぬようにと逃げ出し、——

「——相変わらず東京の人はフリーダムだなぁ」

またある者は、触発されて、士気を高ぶらせた。

千葉都市首席・千種明日葉だ。

「あたしも、もーすこし遊んじゃおっかな」

朱雀が空を飛翔ぶのなら、明日葉は空を跳躍んでいた。

不可視の足場を頼りに、アクロバティックな跳梁を見せ、四方の〈アンノウン〉に銃弾を見舞う。

彼女の〈世界〉は、物質の運動停止を制御する。

わずかな時間ではあるものの、分子運動の制御も思いのまま。

ゆえに彼女が虚空に銃弾を放てば、潮風が固まり不可視の足場が生まれた。

〈アンノウン〉に銃弾を放てば、風穴が開くだけで済まされず、業火に包まれ消し炭となり、あるいは凍結して砕け散った。

首席の名に恥じぬ、華麗なる戦いぶりと言える。

凍る波濤を単騎で駆け抜け、風の階を跳び越えて、虚空を蹴って敵を落とす。

あまりに無鉄砲、あまりに無邪気、あまりに無軌道。そして、極めつけに無計画。

四方八方を〈アンノウン〉に囲まれる絶対のキルゾーンに突っ込んでいき、明日葉の姿が見えなくなってしまった。残るのは無数の〈アンノウン〉が寄り集まって蠢いている群体だけ。

そこに一発の銃弾が放たれる。

寄木細工を崩すように、過たず、マスターピースを貫いて、群体がばらばらと崩れた。その隙に明日葉は手当たり次第に撃ち、砕き、燃やし尽くす。

目の前の敵も、横の敵も、上の敵も、下の敵も、死角の敵も、射程外の敵さえも。

それは明日葉の〈世界〉によるものではない。〈世界〉は超常ではあれど、万能ではないのだ。

ふふんと楽し気な笑みを漏らして、明日葉はまた勝手気ままに波浪を踏み越えて、空と海とを縦横無尽に駆け回ると、海ほたるに振り返った。

「……ねぇ、もちょっと遊ぶ？」

東京湾の只中（ただなか）、敵陣にたった一人でいる明日葉が、親し気に問いかける。

無論、その場に応える者はいない。

応える者は、はるか後方、海ほたるの展望台で、スナイパーライフルのスコープを覗きこんでいた。レティクルに重なる明日葉がぱちっと片目を閉じてみせる。

「いや、遊ばねぇよ……」

ひとりごちて、千種霞は応えると、明日葉の行く先、その盲点となるであろう場所に現れる〈アンノウン〉を悉く（ことごと）狙撃（きょうい）していった。

そうして、明日葉の脅威が排除されるたび、彼女はさらに霞を誘うように、どんどん危険なほうへ危険なほうへと進撃し、よりアクロバティックに、無節操に跳びはねる。

だが、それでも、海ほたるの山猫は眠らない。

予測もつかない明日葉の動きに合わせて、遊び相手も狙撃の精度を上げていく。おかげで、千種明日葉の楽しい遊びはもうしばらく終わりそうになかった。

×　×　×

『――凛堂さん。左舷から大型です』

巨大空母の甲板上。

索敵班からの通信が入り、ほたるは鋭く左舷に視線を這わす。

「――……ヒメ」

「む？　おー」

見れば左舷の方向から、大型〈アンノウン〉が小型〈アンノウン〉と編隊を組んで、船へ迫ってくる。一般の生徒には些か荷が重そうな相手だ。

「左へ転舵、第一甲板の前方の生徒を下がらせろ。私とヒメでやる」

ほたるがそう通信を返すと、舞姫が楽しげに笑った。

「んじゃ細かいのはほたるちゃんに任せるかな」

「心得た」

言うが早いか、ほたるは駆ける。

腰に佩いた刀に手を掛けて、迫る〈アンノウン〉の編隊を見る、

「捉えたぞ！　一の太刀（たち）！　空喰（うつはみ）！」

気合一閃（いっせん）、ほたるは刀身を鞘走（さやばし）らせた。

それは峻烈（しゅんれつ）なる居合術――しかし、彼女がいるのは甲板上で、敵は海上。その刀身が届くわけがない。

が、こと彼女に限っては、距離という概念は意味を成さない。

彼女の〈世界〉は距離を殺す力。

彼女はその目で見えてさえいれば、斬撃が届く。

目にも留まらぬ剣速で、ほたるが刀を振り抜くと、彼女の視界に収まった小型〈アンノウン〉は全て切り伏せられ消滅した。

そして、残るは大型の〈アンノウン〉。

斬撃が届くとはいえそれを斬（き）るには、ほたるの刀では少々小さすぎる。

ならば、

「とーりゃーッ！」

大型〈アンノウン〉をぶった斬るに見合う、相応の大剣があれば良い。

その持ち主は、誰あろう舞姫。

舞姫は命気により形成された、ビルの一棟くらいならばやすやすと両断しそうなほどの刃（やいば）で、
大型〈アンノウン〉を一刀のもとに斬り捨てた。

〈アンノウン〉の編隊が一掃されて、彼女らの行く手を遮るものなど何もないとばかりに拓(ひら)けた視界――が、そのすぐ後ろには、さらに巨大なクラーケン級の〈アンノウン〉が詰めていた。

舞姫は腕を組み、首をかしげて、むむむっと少し考える。

「ここでぶっとばしちゃってもいいんだけど、そうすると船がなぁ……。それに、たぶん波もざぶーってなって、みんな濡れちゃうし……。……困った！　どうやってぶっ飛ばそう!?」

ぶっ飛ばすことは決定事項であり、勝利も約束されている。問題はみんなに風邪をひかせない方法だった。しかし、舞姫は手洗いうがいを徹底する以外にいい方法が思い浮かばない。

と、そのとき、突如空から光の刃が降り注ぎ、クラーケン級〈アンノウン〉が爆発四散。

「一班から順次制圧攻撃！　高度、下げすぎんなよ！」

ありゃ？　っと舞姫が空を仰ぐと、杖に跨った生徒たちが、V字編隊を組んで飛行してゆく。

とにかくやかましい嘴広コウスケ率いる、東京校飛行部隊の到着である。

彼らが降らせる光の雨は、みるみるうちに〈アンノウン〉の数を減らし、千葉校、神奈川校だけでも優勢であった戦局が、一気に勝利へと傾いた。

「おー！　東京の子たちも来てくれたね。なんだなんだ楽勝じゃない。ぐとくさんも愛離さんも大袈裟(おおげさ)なんだから」

彼我(ひが)の力量差は圧倒的だ。舞姫は額の上に手で庇(ひさし)を作ると、戦況を眺める。そして、誰も致命的なダメージを受けていないことを喜ぶように満足げにうんうんうなずく。

「ヒメ」

「ん？」

振り返ると。ほたるが通信端末を差し出してきた。誰かから入電があったらしい。うやうやしく両手で端末を受け取り、耳に当てる。

「はい、天河です」

舞姫が出ると、何発かの銃声がまず聞こえた。

『おヒメちん、ちーっす』

続いて、耳馴染み（みみなじ）のある気だるげな声……明日葉だ。

なおも銃声が聞こえてくるのから察するに、アンノウンを相手取りながら電話を掛けてきているらしい。

「明日葉ちゃん？　どうしたの？」

『うん。ちょーっちまずいかも』

「どして？」

『うん。なんて言えばいいのかなー……。楽勝だから楽に勝てなくなっちゃった、……かも？』

「ほえ？」

言ってることが理解できず、舞姫は首を傾げた。

×　×　×

大分見晴らしが良くなったと、朱雀は前後上下左右を見渡して鼻を鳴らした。

あれほどいた〈アンノウン〉の群れも、もはや三々五々に散った敗残兵がいるのみ。それらを片付けてしまえば、朱雀一人が請け負った空域の制圧が完了する。

朱雀は最後の突撃飛行に入った。

「これで、終わりだ！」

ぐんぐん加速し、みるみる肉薄する〈アンノウン〉。

衛星のように朱雀の周りを公転していた斥力球が、〈アンノウン〉に襲いかかる——その瞬間、朱雀は背後に気配を感じて急旋回。〈アンノウン〉を仕留め損なった。

するとほんの数瞬前まで朱雀の頭があった場所を、一発の銃弾が通過して、朱雀の代わりに〈アンノウン〉を撃ち落とした。

朱雀は後方、海ほたるのほうを振り返り、インカムで三都市共有の回線に繋いだ。

「……どういうつもりだ。顔と頭と人格だけでなく、ついに腕まで悪くなったか？」

『いやごめん。４位さんなら２００位台の銃弾なんて余裕で避けられると思ったの。いやほんとごめん』

唸るような朱雀の詰問（きつもん）に、返答したのは霞だった。

「貴様……」

『いやだから怒んなって。ごめんね？　次は避けられるように撃つね？』

「……いや、怒ってない。千葉カスくんは底辺ゆえに、足を引っ張ることしかできない哀れな生き物。広い心で許——っぉ！」

　不穏な雰囲気に朱雀の身体は勝手に反応し、反射的にスウェイバックする。目の前を銃弾が通過して、〈アンノウン〉を吹き飛ばした。

「シッ！」

　先行していた〈アンノウン〉が崩れた隙をついて、朱雀が宙を走り、後続を断ちきりにかかった。その間も、背中のほうから銃弾が飛んできている。

　そのころ、これと同様の光景が——共通の敵を持つ者同士の軋轢（あつれき）が、戦場のそこかしこで散見され始めた。

×　×　×

「ふれんどりぃふぁいあ？」

　聞き慣れない言葉を耳にして、舞姫は頭の上に疑問符を浮かべた。

ほたるが頷いて、解説する。

「そうだ。あまりにも戦力差があったり一方的に敵が弱かったりすると起こりやすい現象だな。戦場がスコアの稼ぎ場になってしまい、味方と敵を取り合って同士討ちをしたり足を引っ張り合ったりするバカが出る」

『お兄ぃはスコアとか興味ないみたいだけど、東京の人……大好きみたいだからねぇ』

明日葉もつないだままの通話で会話に交じる。

明日葉が言う〝東京の人〟というのは、さすがに舞姫にも察しがついた。

だからこそ、眉尻を下げて狼狽える。

「え？　でも、今は戦闘中だよ？　どうして味方同士でそんなことになっちゃうの？」

「ランキングがあるからだ。上位になれば待遇もいいし、何より内地に特例で迎えられることも多い。必死にもなるさ」

「…………」

にべもなく語られる現実……決して善悪の話ではない。だからこそ舞姫は言葉に詰まる。

糾弾できないけれど、そんな考え方はとても寂しい――。

是正できないけれど、そんな状況を誘引する世界が遣る瀬ない――。

「私は……みんなのために……」

なぜ戦うのか。

何のために戦うのか。

少なくとも舞姫はスコアや待遇のためではない。

自分が戦うことで救われる誰か——その誰かのために戦ってきた。

それが正しいことなのだと、これまで疑いもしなかったけれど、現実の前には無力に思え、甘く思え、自分が間違っているのかとすら思え、口にしようとも、か細く消える……。

その時、すっと、ほたるの手が伸びた。

ほたるは落ち込んで項垂(うなだ)れる舞姫の頭に、ふわりと手を添え、愛(いと)おしげに撫(な)でる。

きょとんとして、舞姫は顔を上げる。

するとほたるは優しく微笑み、一言告げた。

「だから、ヒメは偉いんだ」

「ほたるちゃん……」

冷えかけた胸が温かくなる。

舞姫の相好(そうごう)は崩れ、その頬には赤みが差す。

間違っているのではと、揺らぎかけた想い——しかしそれを、誰よりも大好きで、誰よりも信頼しているほたるが肯定(こうてい)してくれた。

だったら、自分もこの想いを信じられる。

この想いのために戦える。

この想いのために強くあれる。

『――……うーわー、まだくるの？　がっつきすぎ。キモい』

繋がったままの端末から、明日葉のげんなりした声が漏れる。

見れば湾岸上空に、無数のゲートが口を開き、新たな〈アンノウン〉の群体が姿を現す。

その光景に、戦場にいる三都市の生徒、皆がうげっと顔をしかめた。

しかし、ほたると舞姫は違った。

「――問題ない。一撃で決める」

眉一つ動かさずにほたるが宣言し、舞姫が大剣の出力兵装を構える。

「タイミングは私が。ヒメはいつも通りにぶちかませ」

「うん！」

舞姫は意気込み溢れる返事をほたるに返し、ありったけの命気を兵装に流し込んだ。

『あー、じゃ、あとは任せるね。おつー』

電話越しに二人のやる気を察した明日葉は、さっさと砲塔列車へ戻り、千葉校の生徒に指示を出す。

「全員撤収ーっ。早くしないと置いてくよー」

「!?」

千葉校の生徒たちが一斉に、頭上に「!?」を浮かべた。せっかくの稼ぎ時だというのに、という不満がありありと見え、不服の声が上がる。しかし、次の明日葉の一言で顔色を変えた。

「おヒメちんがちょっと本気出すってー」

「!?」

〝神奈川校首席と書いてカナガワのヘッド〟、〝本気と書いてマジ〟〝ハードラックとダンス〟〝!?〟——それは、この上なく不吉で凶悪な言葉の組み合わせ。

まるで天災の予兆でも聞いたかのように、千葉校の生徒たちは皆青ざめ、我先にと砲塔列車に乗り込んだ。そして全千葉校生徒を収容すると、砲塔列車は逃げるように撤退していく。

「——……ん?」

しかし、悲しいかな、中間管理職はこういうとき、仲間に入れてもらえないのである。

「……あれー」

一人だけ離れた地点で狙撃に当たっていた霞は、撤退してゆく砲塔列車を、怪訝な思いで見送った。

いじめかしらと思いながら、ふと海上に目をやる。

するとその目に飛び込んできたのは、神奈川校の空母にそそり立つ、巨大な光の柱であった。

×　　×　　×

「全員に散開命令！」

突如海上に、天を衝くほどの光の柱が伸び上がるのを見て、朱雀はぎょっと眉根を寄せた。

そしてその光の柱の出処が、神奈川校の空母であるのを確認し、即座に東京校全生徒に退避命令を下す。

これから何が起こるのか……薄々感づいた全東京校生徒は、泡を食って戦場から飛び去ってゆく。

「――ほえ？」

しかし、飛べない小鳥が一羽。くっくるー？　と首を捻っていた。

戦歌を響かせていたカナリアと、そのお付きの女子生徒二名が顔を見合わせる。

千葉校生徒が撤退し、東京校生徒も離脱……。

あれ？　私たちは？　と目を点にしている間にも、迫る〈アンノウン〉。立ち昇る不吉な光の柱。危機的状況に取り残されていると、ようやく気付いて悲鳴を上げた――それと同時。

すっ飛んできた朱雀が三人まとめて抱きかかえ、全速力で離脱を図る。

そして――、

「いっくよー！」

神奈川校空母の甲板上、遠目では光の柱に見えたそれは、たった一振りの大剣より奔騰(ほんとう)する、命気の刀身。

そしてその柄を握るのは、神奈川校首席・天河舞姫。

この命気の大剣を前にしては、新手(あらて)の〈アンノウン〉の数も、大きさも、何もかもが関係ない。

「とぉぉおりゃあああああっ！」

舞姫は渾身(こんしん)の気合いとともに、全てまとめて薙(な)ぎ払った。

〈アンノウン〉に侵食されていた空が、海が、文字通りに一掃される。

「——ひぃちゃん、相変わらずすごい力……！」

朱雀に抱えられて海ほたるから逃げながら、その光景を目の当(ま)たりにしたカナリアは、危うく自分たちまで巻き込まれるところだったことも忘れて、その威力に率直な感嘆を漏らす。

すると、

「だがアホだ」と、朱雀が言う。

「え？」

「同感」と、カナリアたちと同じく、海ほたるから走って逃げる霞が言う。

「え？」

何を言っているのかとカナリアは首を傾げたが、すぐにその意味は理解できた。

舞姫が本気で振り抜いた命気の刃——その剣筋の延長上には、アクアラインがあり……。

「あっ」と舞姫が間の抜けた声を発すると同時、命気の刃は、アクアラインを分断した。

瓦礫と化して海中へと崩れ落ちていくアクアライン……その惨状に、朱雀は呻いた。

「だからアホに刃物を持たせたらいけないんだ」

×　×　×

平穏を取り戻した東京湾内は、夕暮れの金色に染まっていた。

海面に乱反射する光の粒は目に眩しく、潮騒とウミネコの鳴き声が耳に心地良い。

しかし今アクアライン上は、それらを満喫できる空気になかった。

「貴重なインフラであるアクアラインを壊せ——俺は出してないよな、そんな命令。なんでだかわかるか?」

朝凪の前には、本日の戦闘における重大なミスを追及される、各校首脳の六人の姿があった。

朱雀は憮然とした顔で腕を組み、カナリアはあわあわと周りを見ている。

舞姫はうつむいてぷるぷる震え、ほたるは無表情で前を向いている。

霞は面倒そうで、明日葉は平然と携帯をいじっている。

横並びで座らされている彼らだが、反省や責任を感じている様子がない者もちらほら……。

そんな態度がまた神経を逆撫でし、朝凪に叱声を飛ばさせる。

「壊されちゃ困るもんだからだよ！　どーしてこーなった⁉」

「……ぐとくさん」

すると舞姫が瞳をうるうるさせながら、怖ず怖ずと手を挙げ、名乗り出ようとする。

が、ほたるが舞姫の目を両手でそっとふさいだ。そして舞姫が「おおっ？　急に世界が闇に！」などと驚いている隙に、ほたるは顎で朱雀を示した。

「あいつがやりました」

「はあ？」と眉を顰める朱雀。

「あー、そうそれ。素直に撃たれなかったいっちゃんさんが悪い」

便乗して朱雀を指さす霞。

「なるほど……貴様らまとめて海に沈みたいようだな」

「あ？　二対一なんですけど？　なに、クズ雑魚さん、算数苦手なの？」

「私はヒメを慰めるのに忙しいので二人でやれ」

「えっ……。――仲間同士で争うのはよくないなってぼく思います」

「つーか、あたし関係ないから帰っていーい？　シャワー浴びたいんですけど」

朱雀、霞、ほたる、明日葉の四人の無反省ぶりに、朝凪はぴくぴくとこめかみが震え出す。

それを見たカナリアが、慌てて場をとりなそうとする。

「あ、あの……み、みんな、みんな仲良く……みんなでやったことなので、えーと……」

そして、

「こ、困ったときは、笑顔！　です！」

言うに事欠いて、作ったのは渾身のダブルピース。

ぶちっと音を立てて、朝凪の堪忍袋の緒が切れた。

「バッカモーン！　連帯責任だ！　お前ら、明日からしばらく休みはないと思えよ！」

×　×　×

かくしてこの日の防衛戦は、人類側の勝利としてひとまず幕引きを見る。

戦いを終えた後に、戦士たちが見せる表情は様々だ。

ようやく空から戻ってきて、地に足つける喜びを噛み締める者たちがいる。

空母の甲板上では、大将の不始末の尻拭いに大わらわの者たちがいる。

砲塔列車に揺られて、穏やかなまどろみに耽る者たちがいる。

戦いに懸ける想いが皆違うから、その後に見せる表情が違うのもまた必然――。

――ただ、一人だけ、他の誰とも似ても似つかぬ眼差しを、東京湾の遥か彼方に向ける者がいる。この海を、世界を見ていた。愛しげに、優しげに、悲しげに、寂しげに、儚げに。

東京湾岸の波止場。

一人佇むタ浪のもとへ、風に乗ってウミネコが近づいてくる。彼女はウミネコに微笑みを返したが、ウミネコはつれない態度をとる。

飛び去る行方を微笑み交じりに目で追って、ふとその視線が海上で止まった。

海上には何もない。

あるのは、ただの虚ろ。

異形の簒奪者が現れるゲートだけだ。

しばし、夕浪は黙って見つめていたが、ふっと短い嘆息を漏らして視線を外す。俯く夕浪の相貌を落日の影が隠してしまった。

その時の夕浪愛離の表情をうかがい知れたのは、みゃあみゃあと規則的に鳴くウミネコだけだった。

わたしはこの世界が好きです。大好きです。

だれよりも、なによりも、愛しています。

もしも世界に殴られたって蹴られたって、どんなことをされようがされまいが、
わたしは自信をもって、わたしの愛を証明できます。

わたしと世界。世界とわたし。言葉でつなげてみるだけで、わたしはとっても幸せになるのです。

本来、わたしと世界に同じ価値がありようはずもなく、比較されるべくもない存在なのに。

言葉の力は不思議ですね。

昔、宇多良カナリアというひとりの少女は、無能力者の烙印を押されて、
防衛都市から廃棄される寸前にありました。

それでもがんばってがんばってがんばってがんばってがんばってがんばって、
どうにかこうにか、戦い続けて今日に来たのです。

わたしより強い人は、星の数より多くいました。わたしより弱い人は、月の数より少ないほどでした。

わたしが東京次席にまでなってしまったのは、ただ運がよかっただけです。

わたしという存在は、この防衛都市において、代替可能なひとつの歯車にすぎません。

……いっちゃんは別のことを言うかもしれませんが、でも、いっちゃんはたまにわたしに甘くなるのです。

そんなところも、優しくていい人だなって思います。

わたしはいっちゃんが好きです。大好きです。

世界のなかで生きているいっちゃんを、愛しています。

愛する世界のために、わたしはなにができるでしょうか。もちろん、戦うことです。

がんばってがんばってがんばってがんばってがんばってがんばってがんばって死ぬまでがんばって、
永遠に戦い続けなければなりません。

戦わなければ、わたしの存在価値は、この世界のどこにもないのですから。

わたしのまえには、一本の灰色の道だけが、ひたすらに伸びています。

彩りは必要ありません。わたしには贅沢ですから。風景は必要ありません。

よそ見の原因になりますから。選択肢は必要ありません。選ぶ権利などないのですから。

与えられた道をまっすぐに進んで、いつか倒れるそのときまで、
わたしは〈世界〉という名の能力を使い、世界を守るために戦い続けます。

わたしのすべては世界のために。世界のすべても世界のために。

これは、そういうお話です。

でも――わたしは、わたしたちは。
まだ世界のことを、何も知らなかったのです。

残存世界のグロリア

防衛都市神奈川の朝は早い。

その部屋はあたかも旧時代の記録に見られる、西洋において王侯貴族の子女が住まうかのような内装に設え(しつら)えられている。

毛足の長いカーペットの上、天蓋(てんがい)付きのベッド。質量を感じさせないふわふわの羽毛布団にくるまって安らかな寝息を立てているのは防衛都市神奈川序列第一位のお姫様。枕元には時代がかった古めかしい懐中時計と、まるで対照的な最新鋭の携帯用多機能端末。

その端末が外部からの通話電波を受信して振動を開始した直後のことだ。深いまどろみの底から無意識的に手を伸ばす持ち主よりも早く、寝台脇に現れた黒髪の第三者がディスプレイに浮上した鳴動停止パネルを押下(おうか)してしまう。

「ん？　ん、んん……？」

沈黙してしまった端末を探しあぐねて、天河舞姫(てんかわまいひめ)は夢うつつからぼんやり浮上する。開ききらない目蓋(まぶた)の向こう、甘く白い靄(もや)の中に、何故(なぜ)だか見慣れた親友の像が認められた。

「あれ、ほたるちゃん、どうして……ここ、私の部屋だよ……？」

「うん、知ってる」

夢のまにまに凛堂ほたるは事もなげに微笑んでいた。

「知ってたかー……」

知ってたなら仕方ない。舞姫はアホの子さながらの論理で結論付けると、目を閉じてふたたび心地よい眠りに身を沈めていった。通信端末がどこかからの着信を報せていたことなど現実の彼方に綺麗さっぱり置き忘れた、それはそれは幸せそうな寝顔だった。

この安らか極まる天使の寝顔だけは何人たりとも冒してはならない。という大義名分に思い至ったほたるは、再度の着信を受けて震えようとした端末を光の速さでブッ叩いた。厳密には電源停止ボタンを長押しした。

そしてもっとも近い距離で彼女を守らんがため、舞姫の眠りの世界へと付き従っていった。厳密には布団の中に潜りこんで密着した。

×　×　×

防衛都市千葉の朝もそこそこに早い。

この時間帯、旧時代の歩行者天国なる都市文化に倣って車両通行を禁じ、屋台式の簡易店舗やパラソル一体型テーブルの客席をずらりと並べたビル街のふもとは、呼び込みの掛け声やら朝餉の歓談やらで大いに賑わう。

南関東防衛都市群の食糧庫として名高い千葉は、むろん内部での需要供給も盛んだ。青果の品種改良に余念のない生産科の生徒たちは競うように人気製品新製品を並べ、舌の肥えた他科の生徒たちは自らの好みに適う嗜好品としての多様なスイーツを愉しみながら検分する。

千葉のモーニングタイムは、制服姿の売り手と買い手がひしめき合うお祭り騒ぎの朝市だ。

連れ立って露店を冷やかす友人たち。一つのグラスに二本のストローを差したカップル。ボックス型の公衆端末に籠った学生は、ホログラムモニターの向こうの両親とおぼしき大人と軽口混じりの近況を報告しあっている。

掃いて捨てるほど転がっているそんな日常を、千種明日葉はふーんと眠たげな目で一瞥していた。

朝市の隅、円形テーブルの一席に頬杖ついて陣取っている彼女は、食しやすいサイズにカットされた千葉一流のオレンジやメロンやバナナやグレープを退屈でも凌ぐかのようにひょいぱくひょいぱくと一切の惜しげもなく胃袋へ放り続ける。

「……ねぇ、明日葉ちゃん」

およそ遠慮の感じられない豪胆ぶりに、対面席の兄がおよそ遠慮がちな声を発した。

「んー？」

「……それ、俺が買ったやつなんだけど」

千種霞が所有権を主張するそれとは、数十秒前までもぎたてフルーツ新鮮盛り合わせセットと銘打たれていた珠玉の一皿だ。もはや種と皮ばかりの残念食い終わりセットと化してはいるが。

多くを語れずただ慄然としている兄に、明日葉はやれやれと首を振った。

「あたしたちは運命共同体っしょ。お兄ぃのものはあたしのもの。あたしのものはお兄ぃのもの。はい」

そして元もぎたてフルーツ盛り合わせ、現ただの食い散らかした皿を押しだして対面の男へ突きだす。端的に換言すれば、おかわり持ってきて。この兄妹の世界にあっては等価交換の法則とかいうやつはまったく仕事をしていなかった。

あまりの横暴、ルール無用の残虐ファイトに、さしもの霞も一瞬言葉を失った。なんなら妹への親愛の情も失った。

「おかわりお願い、お兄ちゃん♪」

嘘だった。妹が上目遣いに慎ましくお願いしている。さっきの横柄な態度が嘘か冗談のようだ。いや、嘘か冗談に違いない。断言できる。むしろ、嘘で冗談だと霞は断言し、皿を持っていそいそと立ち上がる。

「……ま、まぁね？　お兄ちゃんだからね？」

いそいそと遠ざかる皿を見送りながら、明日葉は嘘か冗談のような慎ましさを引っ込めてほくそ笑む。

「……ちょろ」

そう言いつつ、それでも健気な背中が雑踏の奥に呑まれるまでは生温かい目で眺めていた。

だが、やがて独りの退屈を思い出すころには朝特有の眠気が舞い戻ってきてしまう。

前のめりになる重心をふたたび頰杖に預け、身体をやや倒す。

そうしていると、はらりと流れる前髪の隙間から、遠く屋台に並んでいる霞の姿を見つけた。

じーっと見ていると、霞は列の割り込みをされたり、ぼったくられかけてたりしていて、見るだにふっと小さく吹いてしまう。そして、うつぶせになって自分の腕の中でもう少しだけくすくすと笑って、ローファーをぱたぱたさせた。

こういうゆるゆるした時間と日々が、この都市とこの兄妹にはよく似合う。ぬくぬくとした陽だまりめいた感情のせいで、明日葉は、くあと小さな欠伸をする。

重くなった目蓋を落ちてくるままに任せていると、程なくして据わりの悪い簡易テーブルが小刻みにかたかたと震え始めた。

手を伸ばして明日葉は安眠妨害の元凶を苛立たしく拾いあげる。霞の置いていった携帯端末。兄妹の朝に水を差した発信者を確認すれば、ディスプレイには「管理局　夕浪愛離」の文字。

「…………んー」

しばしの逡巡の間。明日葉の指が一瞬ばかり宙に留まる。

しかしすぐに液晶画面へ着地。そして、霞しか知らないはずの秘密のナンバー四桁をピ・ポ・パ・ポ。手慣れた数度の操作で完全にもの言わぬ金属の箱へと変えてしまった。さもありなん、その四桁の数字は本来、明日葉のほうが馴染み深いものだ。

ほんとバカだなぁお兄ぃキモいなぁと思いつつ、元あった場所へ滑らせ、しれっと兄の帰りを待つ妹は、嘘か冗談かたしかに口角が上がっていた。

× × ×

防衛都市東京の朝もそれなりに早い。

飾り気のない事務的な室内には長机が並び、椅子ひとつごとに据えられた卓上パーテーションによって幾つもの個人ブロックとして機能するよう区画されている。

朱雀壱弥は入り口からもっとも離れたブロックに席を取り、すでに軍事用としての役目を終えた旧世代のモニターと向きあっていた。

「ああ、近いうちにカナリアと一緒に内地行きになるから。それじゃ、また連絡する」

映像通信を早々に終わらせようとする朱雀を、モニターの向こうの不鮮明な輪郭が何事か問うて呼びとめた。音声にも映像にもひどくノイズが走っている。

「万事順調だ。ランキング1位になる日は近い」

朱雀は短く答えた。通信相手のノイズにまみれた笑い声が返ってくる。

『はっは……それより、カナリアを怪我させないようにな』

「言われるまでもない。俺はもう、あのころの俺とは違う」

中指に金色の枷が嵌まった右手をぎりりと握りこんで、朱雀は通信を終了させた。

席を立ち、身を翻すと、たまたまその場を通りがかった生徒、宇多良カナリアとばったり鉢合わせてしまった。間の悪い偶然に思わず肩が跳ねたが、すぐに平静を取りつくろって挨拶代わりの頷き一つ。

「おはよう、いっちゃん。お父様？」

ぎこちない朱雀にも、カナリアはいつもと変わらぬ満面の笑み。加えて表情と経験則から彼の行動はたやすく推察されていた。

「ん……」

朱雀は首を縦にも横にも振らなかったが、カナリアにはそれで充分だった。

「お元気そうだった？」

「内地はすこぶる平和だとさ」

観念して朱雀が肩をすくめるような物言いをすると、カナリアはいっそう柔和に瞳を細めた。

「そっか……わたしのこと覚えてるかな。久しぶりに会いたいな。いっちゃんのお姉ちゃんって言えばわかるかな」

「知らない。関係ない。どうでもいい」

三段重ねの冷淡な拒絶。しかし壱弥語翻訳の第一人者として知られる宇多良カナリアには、多感な年頃の少年にありがちな照れ隠しと解釈されて、あははの三文字で片付けられた。

朱雀はじろりとカナリアを睨んで八つ当たりのように付け足した。

「そんなことより、いっちゃんはやめろ」

「あ……ごめんね、いっちゃん」

「……」

禁句に禁句で返したカナリアのリアクションは、果たして天然のミステイクだったのか計算ずくのユーモアだったのか。知らない。関係ない。どうでもいい。朱雀は無言で彼女の頬をぎりぎりと摘んだ。両側から。ダブルで。

「ははひて、ははひて～」

喚きながら四肢をじたばた振りまわすカナリア。それが控えめに言ってわりと喜んでいるようにしか見えないことは、少なくとも隠しようのない事実だった。

机の上に取りのこされた朱雀の携帯端末が、あたかもお約束じみた二人の戯れ合いを冷やかすようにぶうぶう震え始める。

「ほはへへふ～」

「うるさい」

　カナリアは物理的に制限された発声法の中で一応の伝達を試みたが、それは悲しいかな明瞭な言語の態(てい)を成さなかった。ア行ともハ行ともつかない謎の鳴き声がかっ広げられた口腔からいたずらにだだ漏(も)れるのみだった。

　お前ら楽しんでるだろ。そういうのいいから早く出ろよ。無機質な鳴動を続ける東京首席の携帯端末は、まるでそう呪い続けるようにしばしの間『管理官　緊急用』の文字をディスプレイに表示させていた。

×　×　×

　千葉では朝市の屋台が軒並み撤収を終えて平時の交通網が機能し始めたころ、かつての彩の国・南関東管理局には防衛三都市よりそれぞれの首席ならびに次席、計六名が呼び集められていた。

「アクアラインで護衛任務？」

　遮蔽物(しゃへいぶつ)の少ない作戦会議室には、緊張感に欠ける舞姫の声がよく通った。

「そうだ」

　ぶっきらぼうに頷いた管理官・朝凪求得(あさなぎぐとく)は、中空に浮かぶホログラム画像を顎(あご)で示す。そこには忌まわしき異形の爪痕とも見紛うべき甚大な破壊の現場が映しだされていた。ああ！　なんと恐ろしいのだろう、人災は。

旧時代より千葉ー神奈川を海上で結んできた歴史的にも実益的にも、そして今や軍事的にも貴重な交通上の要衝が、何者かの過失というか勇み足というかによってうっかり分断されてしまったあの事故。舞姫がだらだらと脂汗を噴きだしそうなひどくきまり悪げな顔になった。

だが、すでに当事者たちは厳重注意に処したし、もとより襲来する〈アンノウン〉への過剰防衛という面が無きにしも非ずだったので、もはや朝凪管理官にはその件に関して今一度蒸し返すつもりもなかった。

あくまでその件に関しては、であるが。

反復される脅威に対していつだって徒手空拳の彼ら大人は、どうしたって〈世界〉という子供たちの力に恃まざるを得ない。

「半壊したアクアラインを工科の生徒に手伝ってもらって修復中なんだが、ボチボチ目処もつきそうな今になって妙な噂を耳にするようになってな」

淡々とした調子を保ったまま、朝凪はさりげなく本題に切りこんだ。

「正体不明の〈アンノウン〉らしきものが出る――という噂だ」

正体不明の〈アンノウン〉。耳慣れぬその響きにカナリアがぶるっと身を強張らせた。

もとより得体の知れぬ脅威、出自も所在も判らぬゆえの〈アンノウン〉ではあったが、長きにわたる戦乱の末にいまや人類側には相応の交戦データが蓄積されているのも事実。出現した敵種を質量や形状によって級別し、オーガ級・クラーケン級・トリトン級などといった大凡（おおよそ）の不確定名を宛てがうことで未知を既知（きち）と銘じている。

　既知に対しては、効の有るやはともかく、少なくとも対策を練ることができる。

　しかし未知に対しては何も講じることが出来ない。

　だからこそ、人は好奇心を持つのだ。例えば噂話と聞いてぴくっと反応した明日葉のように。

「……お兄ぃ、聞いたことある？」

「いやぁ」

　こそっと身を寄せて、霞の耳元でぽしょぽしょとしゃべる。霞はそれがこしょばゆくてしょうがないのだが、会議中なので我慢した。だというのに、明日葉は我慢せずにふっと笑う。

「あー……。まぁ、お兄ぃ、友達いないもんね」

「いや、たまにはいるのよ？」

「……たまにって……それ友達？　毎月お金いるやつじゃないの？」

「安心しろ。年間契約だよ。ていうかさ、お兄ちゃんを傷つけるためだけに質問するのやめよ？」

　怪訝（けげん）な顔で問われても困る。とりあえず適当ぶっこいて答えておくと、明日葉はふっくっと笑い、机にうつぶせになる。

その間も朝凪たちの話は続いている。

「それで工科の生徒たちが怖がってしまってね」

朝凪に代わって夕浪愛離が憂いを帯びた接ぎ穂を足した。橋梁の修復は工科の仕事だが、〈アンノウン〉への対処・警戒となればそれはもはや彼らの専門外だ。

「あなたたちに連絡して警備の生徒を選んでもらおうとしたんだけど、何故だか皆連絡がつかなくて返信もなかったのよね……あたしからの電話、履歴になかったかしら？」

夕浪管理官は三都市それぞれの戦闘科生徒に伺うような視線を注いでいった。まず先に舞姫がしゅんと項垂れた。

「私の端末、いつもどこかに行ってしまって」

「……」

神奈川の首席がきりんの夢を見ているとき、黒髪の戦士は朝もやの中に無粋な騒音発生装置をブン投げていた。天河舞姫がいま二人の管理官に頭を垂れているのは偽りない気持ちなのだろう。ひたすら謎の無表情を貫いている凛堂ほたるに関してはその限りでない。

「あれ、電源きれてる」

「～♪」

一方、夕浪に問われて着信履歴を確認しようとした霞は、いつの間にやらもの言わぬ金属の箱と化していた自身の携帯端末を怪訝な表情で見下ろしていた。おい、なんだこれ。誰だ勝手に電源切ったの。あれか。アプリか。あのガシャガシャしたりシャンシャンしたりして灰かぶり娘を夢が夢で終わらない立派な歌姫に導いてあげちゃ魔獣が出たぞー！　話はあとですマスター！　系のアプリをまた俺は終了し忘れてたのか。なんだ、よくある話じゃん。無事に自己解決へ至り、霞はふうと安堵の息をついた。一方、明日葉は兄の趣味と思考回路を熟知しているので元よりそこまで計算済みだった。

「着信は見た。だが、大切な用なら繋がるまでかけ続けるべきだ。かけ直すこともせずに詰問される理由はない」

東京首席の申し開きは微塵も申し開いておらず、いっそ清々しかった。もはや逆ギレに近かった。なんなら居直り強盗まである。あまりに威風堂々と胸をそびやかしているので、世が世であれば駄目な男に騙されていたかもしれないタイプの夕浪などは一瞬『たしかにこの子の言ってることは正論かもしれないわ』と丸めこまれるところだったが、とりあえず例によって有能な訳者の出番である。

「あの、その、通訳しますと、面目次第もございません……」

「はっはっは、まあかまわん。希望を聞きたかっただけだからな。仕方なくこちらで臨時警邏の面子を選ばせてもらった」

カナリアの代理謝罪が功を奏したわけではあるまいが、朝凪は寛容なる呵呵大笑でその場を有耶無耶にまとめあげた。同時に中央モニターを飾ったのは彼の言う臨時警邏の面子、すなわち今ここに招喚されている六名の氏名である。

「それぞれ都市運営や学生活動で大変だと思うが、責任を持って警備、やってくれるよな！」

大人の余裕を演出してガハハと朗らかに笑っていた朝凪が、一転して大人の狡猾さを思い知らせるニンマリ顔に変わった。

「がんばってね、皆。差し入れ持っていくから」

片や夕浪はあらゆる毒気を融解せしめる満面のニッコリ顔である。この二つを並べられては全方位に隙がなかった。

「はあ…」

面倒きわまる心情を隠さずため息として出力した明日葉は、この場の一同の代弁者だったかもしれない。

×　×　×

人工島『海ほたる』は、アクアラインに鉄道が併設されるより以前、遥か旧時代から同ハイウェイの中継点として運用されていた。

さしたる詳細も説明されず漠然とアクアラインの警護を命じられた六名の戦闘科生徒が、漠然とこのポイントへ赴いたのは自然な流れだろう。

「面倒な……今日の予定がパアだ」

海ほたる駅のホームに降り立つと、朱雀は遠く太平洋の水平線を睨んでいた。

「あんなの、わざわざアクアラインを攻撃した奴のせいだろ」

背後から上がった同調の声は、聞き飽き過ぎたローテンションで千種霞と知れる。

「珍しく意見が合うな。一体全体どこのアホ娘がぶっこわしたんだろうな」

「人類を守るとかいつも言ってるアホ娘だろ。貴重なライフラインを破壊してたら世話ないな……」

朱雀の視線は霞を無視して神奈川首席を射る。霞の視線はどことも知れないあさっての方向を向いているが、その呪詛が朱雀と同じ対象へ放たれていることは明らかだった。

「……」

紛れもない正論に、涙目で肩をしゅんとすぼめるしかない舞姫。その肩をほたるが優しくぽんと抱いた。

「ヒメは、正しいことをしたんだ」

「！」

舞姫がすがるように顔を上げると、ほたるはとても優しい声でわりと酷いことを続けた。

「あれ以上戦闘が続いていたら、虫ケラの同士討ちがあったかもしれない」

「ほたるちゃん……」

「誰が虫ケラだ！」

舞姫は感動し、朱雀は激昂した。

「お前だよ……」

「何だと！」

霞が呟くと、朱雀は苛ついた。

「二人ともだバカ者」

「何……だと……!?」

ほたるがぴしりと言い放って、霞はぴしりと固まった。

「お兄ぃ……、何でマジにショック受けてんの……」

明日葉はそんな兄に呆れるほかなかった。霞はそんな妹に悲しむほかなかった。

舞姫はいがみ合う仲間同士をもはや見ていられなくなった。

「だめだよ、ほたるちゃん！　そんなこと言っちゃ！　悪者さがしは何も生まないよ！」

悪者が何か言いだした。

「お前が言うな！」

もっともだった。

「天河には言われたくないんだよなぁ……」

もっともっともだった。

「うぐっ！」

もっともだが、それはそれとして傷つく舞姫だった。

「ヒメに責任を押しつけるな虫ケラども！」

どさくさに紛れて舞姫を抱きしめるほたるだった。

「アホ娘に責任がないような言い方をするな！　ア保護者が！」

ちょっと上手いことを言う朱雀だった。

「一緒にしないでくれる？　割と……本気で傷つく」

妹の目を気にしながら器用に傷つく霞だった。

「なんだと！」

いい加減沸点の低い朱雀だった。

「もう！　もう！　ケンカ禁止！」

ここまでひたすらあわあわしていたカナリアだった。

しかしもうあわあわの時間は終わりだった。彼女は意を決して練習の成果を披露した。

「みんな笑顔！　困ったときは――……！　笑顔だよっ♪」

わりと決まった。シャキーンと決まった。あざといと評される笑顔もときに忘れるダブルピースもばっちりだった。みんながじっと彼女を見ていた。ラブとピースになるはずだった。そのとき突然電車が着いた。

『海ほたるー海ほたるー　作業工科生は班ごとに担当区域へと移動してください。休憩所は三階オープンテラス並びに四階モールです。着替えのロッカー室は〜』

見事なまでに腰の入った宇多良カナリア全身全霊の笑顔だよポーズ。絶好のタイミングでドアが開き、修復工事にやってきた工科の生徒たちがぞろぞろと降りてくる。

「おー」

舞姫一人がパチパチ拍手喝采する中、無数の工科生が列を為して通りすぎてゆく。皆一様に肩を震わせ口元を押さえていた。プークスクス。一部押さえきれていない者もいた。

しかし時折ちらりちらりと窺うだけで極力じろじろ眺めないようにしているのは彼らなりの良心だろう。クスクス……プクク……いっそ陽気に笑ってあげた方がよほど優しさなのかもしれないと気付いた者は少ない。

「バカナリア…」

「はう〜…」

結局のところ朱雀のストレートな罵倒こそカナリアには救いに思えた。地獄に仏的な意味で。

×　×　×

可哀想な子を気遣って誰からともなく駅ホームを離れ、一同はとりあえず海ほたる人工島内のモニュメント広場に再集合した。

「修復という話だが実質はメンテナンスと並行で行うものらしい……」

だがここで、ほたるが神奈川の工科生から得たという情報を口にする。

は？　と数名が露骨に眉をひそめた。

ここでいうメンテナンスとは、橋梁の保全を目的として旧時代より定期的に行われてきたアクアライン全域の補強工事。つまり作業員らの分布範囲は件の修復ポイントに限定されず、東京湾に架かった長大な大動脈の端から端までにわたるということだ。

はあ……と数名が露骨に肩を落とした。

「じゃあ別に先日の壊れたウンヌンは関係ないんじゃないか。朝凪のやつめ……」

朱雀は北西の空、管理局の方角を恨めしく仰いだが、逆に自らの過失が招いたことと責められていた舞姫はかえって士気が上がった。ほたるから追加の情報を聞きだして、工科生たちの動向をざっくりまとめあげる。

舞姫は額に庇代わりの利き手をかざし、跳ねるように爪先立って左右を望んだ。神奈川方面と千葉方面。

「それじゃあ三人ずつで二手に」

その提案を建設的に受け止め、誰よりも先に一歩を踏み出したのは千種霞だった。ちなみに踏み出したのはいずれの現場方面でもなく妹方面だった。

「それが賢明だろうな」

霞の指示を全面的に肯定し、悠然たる行軍を始めたのは凛堂ほたるだった。ちなみに行軍は舞姫の隣に辿りついたところで終わった。

「三対三じゃないのかよお前ら――……」

合理的な発言とは裏腹に、感情的なツーマンセル編制を目論む千葉と神奈川。あまりの分かりやすさに声を荒らげる気力も湧かない朱雀だった。

「んじゃグーパーでもする？」

「ふむ」

カナリアの提案はいかにも彼女らしい子供じみたものだったが、この際はねのける理由も朱雀にはない。

「それでいーじゃん。お兄ぃもたまには妹離れしてよ」

「え…」

千葉の首席も賛同していた。次席は魂を抜かれていた。

そして神奈川首席に至っては、無邪気に前へ躍り出て頼まれるでもなく仕切り始めた。

「よし！　グー出した人はグーなので、グー組で、パー出した人はパーだからパー組だ！　準備はいーかな？　行っくよー？　グッとっパッ！」

天河舞姫の高らかな号令に応じて、東京湾の潮風に命運を分ける六つのハンドサインが突き出された。

大らかに広げられた掌が三つ。強く固く握りこまれた拳が一つ。なんかよく分からない卑怯なのが二つ。

こうして南関東選抜アクアライン臨時警備隊は、パー組三名とパーじゃない組三名とに再編制された。

×　×　×

千葉側の作業現場では、太陽の下、工科所属の健康的な男女が和やかに汗を流していた。

どこまでも高く広がった好天の空。穏やかな日差しを弾いてきらめく水面。絵画のように鮮やかな蒼の彼方へと伸びる一筋の道。

この恵まれた労働環境にあって、いま新たに三様の華が咲き誇っていた。

「と、いうわけで、警備と、あとお手伝いでこちらに来ました。よろしくお願いします」

頬をほんのり染めてはにかむように微笑む東京次席。

「だるいし、ちゃっちゃと終わらせて帰りますか～」

実力に裏打ちされたアンニュイな言葉が頼もしい千葉首席。

「あっちと、どっちが早く真ん中につくか勝負だね！　がんばっていこう！」

小柄な体軀とあどけない笑顔の奥に最強王者の風格が垣間(かいま)見える神奈川首席。

「応(おう)ッ！」

救いの女神たちの降臨をいま民衆が高らかに讃(たた)えた。

神奈川側の作業現場はトンネルだった。暗かった。埃(ほこり)っぽかった。瓦礫(がれき)まみれだった。そして作業員の数がだいぶ少ない気がした。

パーじゃない組の三人は、派遣された現場がいわゆるブラックなのだと知った。

「何だこれは……」

朱雀は気が滅入(めい)った。

「何これ陰謀？」

霞も気が滅入った。

「私は何故あのとき策を…クッ…」

ほたるは先刻の組分け勝負に際して、禁断の最強手グチョパを使ったのが逆に裏目になったことを悔やんでいた。また咄嗟(とっさ)とはいえ千葉の軟弱男と発想が同レベルだったのがショックだった。そんなことより舞姫不在で気が滅入った。

「まあこの程度俺一人で充分だ」

他の気が滅入っていると、無駄に燃えだす朱雀だった。

そんな三人を工科の作業員や技術職の大人たちが遠巻きに眺めていた。

戦闘科からの援軍と聞いて期待していたものの、傍目に不安を覚えるほどチームワークはよろしくないように見える。大丈夫かなあと誰かが呟いた。答える者は誰もいなかった。

「……」

「ヒメーヒメー」

気の滅入るような海底トンネルに、怨霊のような声が木霊していた。

×　×　×

片やアクアライン千葉側の三名は、鮮やかな連携プレイで大いに現場の好評を博していた。

「オーライ、オーラーイ！　オーライ！」

カナリアの先導する導線に従って、舞姫の担ぎ上げる膨大な量の鋼材がアクアラインを跳ねるように渡ってゆく。積み上げられた高さは、優に自身の背丈の数倍はある。重量にすれば数乗だろう。喩えれば戸建ての家を丸々ひとつ運んでいるようなものだが、彼女は汗ひとつかかないどころかお気に入りのぬいぐるみでも抱いているような笑顔。

そして高々とそびえるその最頂部には、明日葉が涼しげな表情で胡坐をかいている。

「はーい、おヒメちんまっすぐーまっすぐー一〇歩いったら止まってー」

「はいはーい♪」

遥か足元、視界の狭い運搬主へ指示を投じて停止させると、明日葉は不安定なはずのその場に立ち上がって鋼材をひとつ片足で蹴りとばした。〈世界〉を持たぬ大人の男が数人がかりで膂力をふるっても叶わぬ芸当だ。

超常の推進力で弾きだされた鋼材は一瞬で海の彼方まで吹きとぶかに見えたが、一瞬よりもなお速く明日葉は銃を抜いて引鉄を引いた。彼女の〈世界〉を帯びた銃弾は刹那、鋼材を氷結させて中空に停滞させる。

緩慢な速度で地表へ向かうそれを最後まで見届けず、明日葉は銃口から立ちのぼる硝煙を慣れた息遣いで霧散させた。

アスファルトの上で地道な〈世界〉をふるう工科生たちが感嘆や喝采、めいめいの形で称賛を贈る。

戦闘科は防衛都市の花形。とりわけ戦果の序列上位に名を連ねる彼女たちは、人類の誇りそのものでもあった。

パー組こと千葉方面隊の三人が戦闘科の評価を高めているその頃、パーじゃない組こと神奈川方面隊もまた工科の仕事を大いに手伝っていた。

「あ…あの」

「俺一人で充分だ」

ことに朱雀は、工科生からの指示に耳を貸す間さえ惜しんで手伝いまくっていた。

重力操作の〈世界〉を用いて瓦礫や廃材をずんずん移送するその熱意と運搬量は作業員らにとってたいへん有り難かったが、基本的にその行動は自己判断によって裁量されるのでことによっては有り難迷惑だった。

同様に、目覚ましい作業量が必ずしも評価に比例しない戦闘科生徒が今一名いた。

「ヒメニウムが足りない……早く会わないと早く会わないとそばに……ヒメのそばにそばにヒメに…」

トンネル深部の立ち入り禁止区画から、謎の呪詛と共に現れる幽鬼。というアクアライン七不思議に数えられる寸前の凛堂ほたるだ。およそ人間業とは思えない量の廃材を引きずって這うように坑道を進むその姿は、作業員らの間で有り難いけど心臓に悪いともっぱらの評判だ。

一方で霞は地味ながら地道に貢献していた。

旧時代以来の古びたコンクリート壁に身を寄せ、その壁面に裏拳を二度当てる。半身を傾けるような姿勢でしばし片耳を近付けていたが、やがてふむと頷き工科の下級生に告げた。

「二〇〇メートルくらい先の柱にちょっとヒビ入ってるな。処置しつつ進めて、危ないから」

「わかりました」

工科生は神妙に頷くと、一礼を残して同輩のもとへ向かった。

「ふう」

一仕事の区切りに霞が肩で大きく息をしたとき、背後から詰問する声があった。

「本当か」

いま気付いた風を装って振りかえれば、朱雀壱弥の周囲には斥力球と瓦礫の山がでたらめに浮遊していた。なんだこいつ……、むしろお前が浮いてんぞ、霞は思った。

「疑うならそのオモシロ能力で飛んで見てきてくれよ」

「オモシロではない。【空を翔ける者】フリー・グラヴィティだ」

「……何その頭悪い名前」

朱雀の誇らしげなドヤ顔に、霞はうっかり素で引いてしまった。後悔する。ここはピュアな笑顔で「へえ、由来は？」などと訊ねて更なる恥を引き出すべきだった。案の定、朱雀は眉間に皺を刻んで不機嫌になってしまった。

「ランキング200位台の分際でケチをつけるなおこがましい」

「万年4位さんはランキング気にしすぎだっつーの。もう少し気楽に生きたら？」

「何だと!?」

「やかましい」

もはやお約束じみてきた感さえある朱雀と霞の舌戦に、突然割りこんでくる女の声があった。

誰だ、と思ったときにはすでに遅く、両名とも不可視の抗えぬ力に引かれて互いに頭部と頭部を衝突させていた。

そのままもつれ合って倒れたあと、瘤になりそうな患部を押さえながら朱雀と霞が見たものは、いつになく険しい凛堂ほたるの仏頂面だった。

ぴしゃりと命じて、ほたるは引きずってきた資材運搬カートに手を伸ばした。瓦礫や廃材が身長よりも高く積み重なった様はまるで漫画のようだった。

「遅れればそれだけヒメのもとに着く時間が遅くなる。そんなコト耐えられるか」

「まーた病気が始まった……」

念仏のように唱えるほたるに顔をしかめながら、霞はのそりと立ちあがって尻の埃を払った。朱雀はすくりと立ちあがって乱れた髪に手櫛を通した。

「お前なぁ…異常だぞ？　アホ娘に依存しすぎだろ」

「うるさい、早く片付けて一刻も早くヒメのもとに行くんだ」

ため息混じりの朱雀の罵倒には背を向け、ほたるは積荷の再構成を試みだした。隙間を作ってまだ積む気のようで霞は呆れた。

「中毒だな……」

「何とでも言え。お前たちにもそういうモノがあるだろう」

ほたるは肩越しにちらと男二人を一瞥した。

「ふんっ」

その問いに朱雀は鼻嵐を吹いたが、それ以上の皮肉や抗弁を重ねることもなかった。

「いやいや、そんなもんないんですけど。何言っちゃってんのお前」

霞は古いトンネルの壁だか床だかに視線を投げて、しばらくの間だらだらだらだらと中身のない憎まれ口を並べつづけた。

「……いつもあんなに仲悪いの？　あの子たち」

そして現地の作業員たちは相変わらず彼らに対して不安を拭いきれなかった。

×　　×　　×

海底の長いトンネルを抜けると、そこは海ほたるだった。

パーじゃない組の三人は、今日、空が美しいことを思い出した。

正気を蝕む地下牢での孤独な労役はとこしえに続くのかとも思われたが、名も知らぬ工科生の「昼休みっすよー」という一言によってあっけなく太陽と再会できたのである。

加えて全作業員一斉休憩という制度ゆえに、千葉側へと送られた者たちとも再会できるのである。凛堂ほたるの足は俄然速まった。それを追いかけるという理由で他の者の足も速まった。

そして海ほたる人工島の最上階デッキまで昇りつめたとき、いよいよ懐かしの再会を果たすことが叶った。

「おー！　がんばっとるな、お前ら！」

ざざーん。青空と波の音をバックに立っていたのは、際どい海パンにアロハシャツを羽織っただけというビーチスタイルの露出度高めな朝凪求得である。話が違うと誰もが思った。

「何でいるんだ」

朱雀は思うだけに留まらなかった。

「何だよその格好」

霞は男のブーメランパンツに不寛容だった。

「ヒメヒメヒメヒメヒメ」

ほたるはそろそろ限界だった。

そんな疲労困憊の学生たちに労いの声がかけられる。

「お疲れ様。皆と一緒に昼食にしましょう。舞姫たちも着いてるわよ」

朝凪と同じく、南関東管理局から出張していた夕浪愛離だった。朝凪と違って、平素と変わらぬ管理官用のお堅い制服だった。当たり前なんだよなぁ。インナーツッコミで弾みをつけつつ、さて、霞には夕浪に訴えておきたいことがあった。今朝の会議には通告漏れがあったという苦情。

管理官は二人おれども、どうせ朝凪求得は何を言っても暖簾に腕押しでのらりくらりと躱すのだろう。というか今のこの男は正視に耐えない。霞は改めて夕浪へ視線を戻すが、そこでふと注意が奪われてしまう。夕浪愛離のすぐ背後、さながら身でも隠すように寄りそっている少女がいた。白いブレザーは神奈川校のもの。

「……」

ほーん……。霞は口の中で音を成さない呟きを漏らした。

食堂はすでに各校工科の学生たちが着席して賑わっていた。

朱雀は入り口からフロア全体を一瞥して適当な空席に狙いを定めると、目標地点めがけすたすたと突き進む。彼の到着を待っていたカナリアは、少々お邪魔していた友人たちの席を立って足早に追いすがった。

「いっちゃんおつかれ！　そっちはどうだった？」

「聞くな、そしていっちゃんは止めろ」

黙秘権を行使して口をつぐむ朱雀とそんな調子でも楽しそうなカナリアが、明日葉のテーブルを通りすぎていく。

「だいたい想像つくけどね～…」

オレンジジュースのストローから口を離して独り呟く明日葉。その横を深刻なヒメニウム欠乏症のほたるが競歩のような足取りで驀進していった。

明日葉は冷静にずー……とジュースを一口すすり、ことの顛末を予想して待つ。

「うきゃあ、くすぐったいよほたるちゃん」

「はあはあすんすんはあはあ」

遠く後ろの席で予定調和の狂宴が幕を開けている。明日葉の思った通りでだいたいあってた。

明日葉が呆れ果ててぐったり俯くと、その隙に実の兄がするるっと向かいのソファーに腰を落とした。

「はぁ……」

バカばっかりだなぁ。口にするのも面倒ならため息すら億劫な明日葉だった。

×　×　×

フロアの一角に大皿料理が次々と運びこまれた。

食欲を誘う香りと彩りに、学生たちがにわかにざわめきだす。

やがて一通りの準備が済んだあと、朝凪管理官が夕浪愛離と白いブレザーの女生徒たちを伴って現れた。

「皆忙しい中アクアラインの整備と修復よくやってくれた」

バカンス姿の管理官だが、おどけすぎない姿勢で彼は切り出した。

「〈アンノウン〉との戦いは続いているが三都市の防衛ラインが成り立っているのは、皆のおかげだと俺は思っている」

フロアのほとんどを占める工科生たちがどよどよ色めいた。戦闘科ばかりが評価されがちな防衛都市において、彼らがこうも正面きって誉められることは多くない。

「今日の食事は神奈川の女の子たちが作ってきてくれた差し入れだ。一息入れて食ってくれ。いつも感謝している」

最後は真摯な優しい声で締めた。後ろに控えた女生徒たちも深々と頭を下げる。

「おーっ！」

士気は大いに上がった。

差し入れられた料理は軽食が中心だったが、食べ盛りの子供たちはその分さまざまなメニューを味わうことができた。

管理官と共にやってきた神奈川の女生徒たちは、調理のみに留まらず夕浪と共に給仕係としてフロアを巡回していた。

同都市の首席・次席が囲んでいる卓に料理を運んできたのは八重垣青生だ。

「あー、それで青ちゃんたちがきてるんだ」

「はい。夕浪さんから頼まれまして。千葉から新鮮な食材も届けていただきましたので、皆で手分けして作ったんです」

「いつもすまないな」

「あ、そちらのサンドイッチは私も手伝ったんですよ」

神奈川の女性陣のにぎやかさたるや、豪華絢爛といったところだった。やはり女子が多いというのは華やかなものである。それこそ千葉のようにむさ苦しいヤンキーだらけの都市にいる身からすればなおさらだろう。

「ほーん……」

別に霞だって女性と縁がないわけではない。それこそ兄妹という切っても切れない家族の縁があるし、今はそれで手一杯だ。父親代わりを気取るわけでもないが兄としての責任くらいは果たしたいというのが霞の願いでもある。

ただ、霞が興味を覚えたのは、自分の周りではあまり見かけないタイプの人種だな、という点だった。管理官と行動を共にしているということは、事務方なのだろうか。戦場では見かけた覚えがなかった。本来的には霞も事務方のほうがメインだ。そうした共通点からついつい不躾な視線を送ってしまった。そして、ぼーっとしたままサンドイッチに手を伸ばそうとする。

するど、やや不機嫌そうな声が飛んできた。

「……お兄ぃ、手」

「ん？　あ、はい」

言われて、霞は明日葉の手に自分の手を乗せる。そしてそれをぺいっと跳ね除けられた。

「違うから。お手じゃないから。食べる前に手洗って。汚い」

「……あっ。……ていうか思ったんだけどさ、キモいとかより、汚いのほうが辛いのね」

適当に思ったことを口にすると、じろっと明日葉にジト目で見られてしまった。すぐにお手

取れただろう。

霞は話しかけるのにやや躊躇(ちゅうちょ)した。聞く者によっては霞が青生のことを意識しているようにも

「あー、……何か手ぇ拭(ふ)くものない？」

拭きを探すものの見当たらない。

青生のことをなんと呼ぶべきか。初対面、ましてや女子相手。そうした諸々(もろもろ)の条件が重なり、

実際、多少の意識はしていた。とはいえ、霞クラスともなると妹の明日葉以外の女子に対し

ては常に何かしら思うところがある。割と健全な少年だった。むしろ、まったく意識せずに済

む舞姫やほたる、カナリアがイレギュラーなケースと言える。

もっとも青生がそのことに気づくわけもない。

「あ、はいっ、お手拭きですね」

青生は返事をすると夕浪にお手拭きをとってもらおうと声を掛ける。

「お母さ……あ！」

慌てて口を押さえたが少々遅い。

「ああちがいますちがいます！　すみませんちがいます！」

思わぬ言い間違いに青生は真っ赤になってあわあわ言い、他の生徒たちはくすっと笑う。

そして、言い間違えられた本人、夕浪は最初こそ、きょとんとしていたが、やがて慈愛に満

ちた笑みを浮かべる。

「いいのよ、お手拭きね。ちょっと待ってね」

　心なしか弾む声で夕浪が言う。青生はそれでもやはり恥ずかしいのか頬を染めて俯いていた。

夕浪が用意してくれたお手拭きを受け取ると。青生が皆に配り始める。

　それを怪訝な顔で受け取る者が一人……。

「確か――名前はなんだ？」

「いっちゃん！」

「八重垣青生です。もう…このやり取り七回目くらいですよお……」

　相変わらずの朱雀に、カナリアがめっとたしなめるものの、朱雀に大した効果が上がっていないのは明々白々。

「悪いな、無能は覚えないんだ。また教えてくれ」

「うぅ…」

　朱雀は朱雀なりにごく自然の対応をしている。ただ、やはりまだ朱雀壱弥への接し方には戸惑いがあるのか、青生は言葉に詰まり、少し困った顔をしていた。

　そんな一連のやり取りを見て、霞はふむと考える。なるほど、やはり普通の女子は朱雀への対応には悩むものらしい。そういった反応は少々新鮮だった。

　と、同時に青生が少し気の毒にも思う。

　朱雀壱弥のあしらい方などそう難しいものでもない。こういうのは慣れている人間に任せたほうが良かったりするものだ。と霞は熱々のお手拭きをほいほいとお手玉すると、ノールックで投げてよこす。

「おい、クズゴミさんお手ふきだよ」

そして、そのお手拭きは、青生の脇を抜け、過たず朱雀の顔面にヒットする。

「あちっ！　何をする！」

朱雀が慌てて熱いお手拭きを払いのけると、激高して霞に食って掛かる。しかし、霞は悪びれもせず、どころか少々シナを作って先ほどの朱雀の言動を返してやった。

「あの…すみません私、クズゴミさんの名前…忘れてしまって、興味がないのでもうクズゴミさんでいいですよね」

「……お前っ」

「いっちゃん！」

さすがに霞の揶揄に気づいた朱雀がいらだち紛れに立ち上がる。だが、それをカナリアが引き止めた。

「さっきのはいっちゃんが悪いよ！　ごめんね、青ちゃん」

「わ、私は大丈夫ですから……」

苦笑交じりに胸の前で手を振る青生。そして、そそくさとその場を離れる。その間際。霞のほうをちらと見て小さな会釈をした。

それが視界に入って、明日葉は眉を顰める。ついで、霞のほうをちらと見やると、霞は霞でさも「別に何もしちゃいない」みたいな態度ではむはむとサンドイッチを食べている。

明日葉はむむっと眉根を寄せて霞を見る。それはお気に入りだった洋服を着て行ったらかぶってしまった時のような、何とも言えない居心地の悪さを明日葉に与えた。

×　×　×

管理局主導のもと開催された海ほたるサプライズランチパーティーは盛況のうちに幕を閉じた。食欲も自尊心も満たされた工科生たちは士気高々に足並み揃え、即興の科歌など唱和しながらそれぞれの持ち場へと進軍していく。

一方、南関東選抜アクアライン臨時警備隊こと例の六人はそれに同道すること能わず、朝凪管理官からの軍令によって海ほたる駐車場跡地に招集された。

約束の時刻に五分遅く、朝凪は夕浪愛離と八重垣青生を伴って現れた。依然としてビーチスタイルだった。そろそろ露出趣味を疑い始める者もいた。アロハの前を全開にしてなかなかの筋肉と武勇伝ありげなでかい傷を見せびらかしているところから、若干ヤンキー気質なのではウケるキモいと論じる者もいた。

「さて、腹もふくれたところで。お前たちには次の任務を与える」

朝凪は基本的に唐突だった。座右の銘は朝令暮改だった。

「作業はまだ残ってるよぐとくさん？」

「皆で手伝わなくていいんですか？」

舞姫やカナリアが婉曲に異議を唱えた。どさくさに紛れて分隊の再編制を要求する者も約二名いた。しかし管理官の意志は変わらなかった。

「ここからはお前らにしかできない作業だ」

そこはかとなく聞こえの良い言葉を並べつつ、朝凪は中身の詰まった手提げ紙バッグを並べた。複数のショップで何か買ってきたようだ。

「何だこれは」

「水着だ」

朱雀の詰問に耳を疑う答えが返ってきた。

「は？」

霞が眉をしかめると、朝凪はサングラスを外して声のトーンを下げた。

「言ったよな、工事中に〈アンノウン〉を見た生徒がいたって。あれは本当だ。今のところ被害は出てないが、管理局として放置は出来ない」

語気が強かった。朝とは事情が違うのかもしれない。生徒たちは真面目な話なのだと知った。

「でも、〈アンノウン〉が出現するときってゲートが」

手をあげたカナリアに、いい質問だとばかりに大きく頷く朝凪。

「そのとおりだ。青生」

「はい」

少し離れて控えていた青生が、管理官と生徒のあいだに進み出た。右手に掲げたのは飛び出し式のカッターナイフにも見えたが、やがてその刃に青い炎が宿った、であれば彼女固有の出力兵装なのだろう。

「何をする気だ？」

それは問いというより朱雀の独り言だった。ほたるもまた独白のように説く。

「青生の〈世界〉だ。他人の視覚・聴覚等の情報や主観イメージをスキャニングしたり、そして他の人間へと受け渡すことができる。再生は大人数でも問題はない」

瞑目(めいもく)した青生の手元で〈世界〉が立ちあがってゆく。朱雀は素直に感心した。

「ほお…。有能だな。覚えておこう。名前は？」

「いっちゃん！」

カナリアの声に重なって、ほたるが唐突に告げた。

「来るぞ」

何を、と訊(き)きかけた瞬間、朱雀の視界がフッとブラックアウトする。本能的についい身構えてしまうが、受け入れて目を閉じれば目蓋の裏に何かが浮かびあがった。

濃緑色の……空と、海………？

「おッ？　お…　これか…？」

暗視モニター越しの映像みたいだった。夜なのかもしれない。緑がかった景色が動く。視点の主が歩いている。これは誰かの見た夜だった。

主は海を眺めている。沖の向こう。水面。いる。大きい。光った。眼。ばけもの。

一人ずつ次々に目を開けた。あれが敵の全貌ではあるまいが、その一片を垣間見たのは確かだ。あのおぞましく光る赤い一ツ眼。

奴はどこから来たのだろう。皆がカナリアの言葉を思い出す。〈アンノウン〉はゲートの向こうからやってくる。海中にゲートが開いたなんて話は聞いたことがない。

充分な沈黙の間を待ってから朝凪管理官が口を開いた。

「他にも数名、それを目撃した者がいるが、全て同じように海から出現し海中に逃げてしまっている。すみやかに海中を探索し、ひそんでいる〈アンノウン〉を片付けてほしい」

数時間前と同じ任務だが、朝凪求得はあえて獲物の実存を確証させた上でふたたび命じているのだ。誰だって部屋でゴキブリを見失えば心安らかではいられない。

そして険しい表情のまま、今一度例の紙バッグをずずいと押し出してくる海パンおやじ。

ああそういうこと……六人が皆一様に形容しがたい表情になった。

対照的におやじは白い歯を見せてこれ以上ないほど満点笑顔。

「得意だろ、こーいうの」

　分かってるなら最初からトンネル工事とかさせないでほしいとパーじゃない組は思った。

×　×　×

　女子更衣室では様々な思惑が交錯していた。

「何故こんなことに……」

　ほたるが頬を染めながらゆるゆるとネクタイを外し、ゆっくりと制服を脱ぐ。そして、どんよりとした心持ちで水着を選び始めた。どれもこれも自分に似合うとはあまり思えなかった。

と、舞姫がにこにこ笑顔を向けた。

「大丈夫だよほたるちゃん！　かわいいから似合うよ！」

「そ、そうか……？」

　舞姫にそう言われると俄然ノリノリになるほたる。もはや彼女に迷いはなかった。

　そうして仲睦まじく水着を選んだり、着替えたりしている者たちがいる一方で、実につまらなそうに着替える者もいる。千種明日葉だ。

　グレーのブラウスのボタンの一つに指を掛けてぷつりと外すと、隣のロッカーから嘆くような呻き声が聞こえてきた。

「はう〜」

それに小首を傾(かし)げて明日葉がひょいとロッカーの上から顔を出す。

「何恥ずかしがってるの？」

「ひょわっ！」

すると、カナリアは妖怪か覗き魔にでも出会ってしまったかのような悲鳴を上げて、しどけなく自身の身体を隠そうとする、だが、悲鳴を上げて隠したかったのは明日葉のほうだったかもしれない。カナリアの水着姿は、その色々が豊満である。

片や、明日葉。明日葉は自身の胸元へと視線を下ろす。すると、特に谷間と呼ぶべき谷間もないくせに、普段から緩めにしている襟元(えりもと)からブラが少しちらついている。今見たカナリアのプロポーションと比べると、もはや逆にこの中途半端にアピールしている感が恥ずかしくなってくる。そうした無駄な自意識は霞と似通っている部分があった。

だが、しかし、と明日葉は自分に言い聞かせる。カナリアは父方が北欧系だとも聞いた覚えがある。仕方ない。国際標準と日本標準は違うのだ。

などと思っていると、さらに隣のロッカーから舞姫の楽しそうな鼻歌が聞こえてきた。

「やっぱりおヒメちゃんがナンバーワン！」

「わきゃ！」

着替え中の舞姫に抱きついてみると可愛らしい悲鳴があがる。そして、またもや悲鳴を上げたくなる明日葉だった。

「ン…」

身長に見合わぬそのたゆんたゆんとたゆたう胸に、明日葉はしばし現実から逃避すべく指先でたゆんたゆんと弄ぶ。

「何をしている?」

その明日葉の奇行に水着に着替え終えたほたるが声を掛けた。それはそれでけして大きくはないが、バランスの取れたモデル体型だ。気づけば、明日葉も舞姫もほー…と見とれていた。

その視線にほたるが首をかしげる。しかし、首を傾げたいのは明日葉である。何故に神はこうも残酷なのか。何故に胸は遺伝なのか。

故に、明日葉はこう呟きを漏らす。

「この裏切り者……」

×　×　×

太陽の光を受けてカナリアの真っ白い肌がきらめきを返す。その胸元には水玉模様があしらわれ、腰にある二本のラインがいけないボーダーラインを演出するやや刺激の強いビキニ姿だ。

舞姫のボーダー柄のビキニもトップスのリボンが可愛らしくありながら、そのトランジスターグラマーを引き立てる。何より、肩から羽織ったコートとビキニのアンバランスさが、かえって舞姫のあり方を象徴していて実に似合っている。また、それと対になる存在とも呼べるのがほたるだ。紺のタンキニは彼女の健康的な肉付きとしなやかな手足の長さを主張し、脚の長さも相まって、実にカッコよくきまる。

だが、水着姿の価値というのはプロポーションやスタイルだけで決まるものではない。その好例が明日葉だろう。明日葉の水着は胸元にたくさんのフリルがあしらわれ、腰のフリルもがそのくびれを強調している。赤茶の髪は白い肌によく映えて、少女らしい身体つきを魅力的に見せていた。

水着評論家、朝凪求得はそれぞれの水着姿に心中で短評を添えると、嘆息する。

「うーん、青春っぽいよなー……よきかなよきかな」

水中機動戦用バトルスーツに身を固めた四人の精鋭を前に、管理官・朝凪求得は職務をさておき偽らざる本心を述べた。

「ぐとくさん、オヤジくさいよ」

舞姫の冷ややかな批難にも、恥じ入るどころかいっそ居直る。

「オヤジだからな。お前らもオヤジになればわかる」

「そっか！」

謎の勢いに流され得心する舞姫だった。

「この人の冗談は流していいですからね～」

ふんわりした声でさっぱりした正論を説く夕浪愛離は、きっとこの男の横で相応の心労を強いられてきたに違いない。

ちょうど男子二名も現着したところで、彼女は状況開始の端緒を切った。

「ところで、皆はどの程度潜っていられるの？」

今作戦は水中戦に長けた者を優先して前線へ配することになる。つまりこの場合は、命気による身体能力向上を加味しての活動時間を問われている。

「カナヅチですぅ…」

いきなり論外すぎるカナリア。

「パフォーマンスを落とさずに、ということなら一五分程度です」

いきなりハイスペック過ぎるほたる。

「なら俺は一六分だな」

とりあえず張り合う朱雀。

「ちなみにヒメは無呼吸で三時間はいける」

他人のスペックで我が事のように勝ち誇るほたる。

「クッ――」

三時間一分と嘯きたい衝動を抑える朱雀。

「俺は……」

蚊帳の外に耐えかねてとりあえず声を出してみる霞。

「お兄は言わなくてもわかってるから」

身内の恥は未然に防ぐタイプの、ある意味優しい明日葉。

「お兄ちゃんの心をガチで折りにくるのは止めてくれないかな……」

何を言われても傷付く多感な年頃の兄。霞あるあるが言いたそうだった。

彼らはその後も長いことワーワー揉めそうだったので、管理官はさっさと作戦を進めることにした。前衛すなわち実戦部隊に任じたのは四名。舞姫、明日葉、ほたる、朱雀。

「とりあえず周辺の海中の捜査を手分けして頼む」

朝凪求得の命令一下「了解」「ラジャー」「はーい」「りょ」とチームワークの程が知れる締まらない不協和音が奏でられた。

そして後衛がカナリアと霞。司令部に詰め、有事の際の援護要員として待機する。通称補欠。

「皆のモニタリングは青生お願いね」

「はい、任せてください！」

敬愛する夕浪に乞われた青生は張り切って頷いた。そんな顔もするのだなと霞は思った。水着ではないんだなとも思った。

「さあ！　んじゃ行ってみよう！」

　白い外套を音高く脱ぎ捨て、海ほたるの突端から跳びたつ舞姫。続くほたる。さらに朱雀。東京湾の空に三つの放物線が走ったのち、同じ数の水柱が上がった。

　気まぐれに時間差を置いて、だらりと立ち上がる明日葉。ふと独り言めいた呟きが背後に聞こえた。

「気をつけてな」

　はっと身体ごと振り返れば、いつからだろう、朝凪たちと司令部にいるはずの霞がそこに立っていた。その横顔はどこでもないどこか一点に据えられていて、またそれ以上の言葉を紡ぐこともない。

　明日葉は舌打ちし、長い髪を振り乱すようにぷいと前に向きなおった。見送るなら見送れ、見送らないなら見送るな。沈黙の兄に背中を向けたまま苛立たしげに陸を蹴る。明日葉の身体は乱暴な水飛沫を残して海中深くへ降下していった。

　みるみる遠ざかってゆく光のゆらめきを見上げながら、胸のうちで今一度つぶやく。見送るなら見送れ。

　ゆっくりゆっくりと潜って海底につく明日葉。視界を悪くしないよう、静かに着底する。

　と、耳孔にセットされた小型端末が陸上からの受信を報せた。水中でも機能する工科謹製の特殊デバイスだ。

「あーあー聞こえるか？」

発信者は作戦司令部の朝凪管理官。事前の説明では、全作戦参加者に一斉送信されているとのことだ。

「今までの目撃情報からすると、対象は海ほたるを中心に五キロ圏内の海底に潜んでいる可能性が高い。お前らの位置は常時モニタリングしている。何か発見したら即座に連絡してくれ。……あと、これはわかっていると思うが、沖合の方にいくつかマーカーが見えるよな。そこから先には絶対に行くなよ」

了解。はーい。わかってる。はいはい。海中探査中の四名がそれぞれに毒づいていた。防衛都市の人間であればそんなことは誰もがとっくに耳タコだった。

×　×　×

「〝侵入不可領域〟ですか？」

「そうだ」

海ほたるに仮設司令部では、管理官と待機要員とがまさにその話をしていた。

朝凪の要請で、青生のＰＣにサブウィンドウが立ちあがり、東京湾の遥（はる）か沖合、等間隔に特殊なブイが浮かんでいる画像が表示された。

それを顎でくいっと示しながら、朝凪は苦々しげに言った。

「我々は奴らをそこまで駆逐したが……先へは踏み込めていないのが現状だ」

「……」

「まあ、本土を守れれば御の字でしょ」

カナリアは言葉もなく眉尻を下げた。霞は無造作にスナイパーライフルを担いで立ちあがる。

「どこへ行くの？　霞」

夕浪管理官に咎められると、歩きだしていた霞が億劫そうに振りかえった。

「オレはあいつらみたいに命気強化でバカ長く潜れないし、速く泳げもしないですから、やれることをやりますよ」

そう言い残してのろのろと去ってゆく霞。その背中を青生が意外そうに見送っていた。

×　　×　　×

一人待機場所を離れた霞は、海ほたるの橋梁工事中区域にいた。

器用にロープを垂らして海面近く、消波ブロックの上に着地する。

そこから改めてきょろきょろ前後左右に目を凝らす。やがて浮島のように海面に顔を覗かせる、ひと二～三人分ほどが立てそうな足場を見つけた。

それから十数分後のことである。

「ぷはッ……」

海中から浮上して顔を覗かせたのは、探索中の朱雀壱弥だ。

「ん？」

現在地を確認するため周囲を窺うと奇妙な光景を見つけた。

瓦礫のような足場の上に寝そべって、片耳だけ海面に浸している千種霞だった。

「何だ？」

隠れて昼寝でもしているのかと、朱雀は怪訝に思って泳いで近付いていった。

すると突然、寝転がったままの霞がライフルの銃口をすっと向けてきた。

ぎょっとして海面下に潜る朱雀。そのすぐ上を銃弾が通過していった。

「何をする！」

ふたたび頭を出して叫ぶ朱雀。霞は片目だけ開けてじろりと睨み返した。

一体何をしているのか。朱雀は〈世界〉を使って霞のもとへ飛んだ。

彼が足元に着地しても、霞は起き上がるどころか指一本動かさなかった。

「居眠りか？　２０７位」

「昨日の時点で２１３位だ」

「まだ下がるのか」

朱雀は呆れ果てた。

「まあいい。質問に答えろ、居眠りでないなら何をしている」

「海中は空気中より音がよく響く」

ああ、と朱雀はまたも呆れた。要は妹の援護か。

「お前も大概過保護だな。嫌われるぞ」

「いーんだよ」

珍しく軽口で返さない霞。

「好かれたいとか嫌われたくないで兄妹なんかやってらんねーだろ。そんなことよりクズゴミくん」

「ちょっとそこらの石をひとつ投げ込んでくれない？」

「なんだ213位」

「ふむ」

右手でポンポンと瓦礫のカケラをもてあそぶ朱雀。指示されたままぶおんと投げる。かなり遠くまで飛んでいって水柱を立てた。

海面が波立ち、波紋が広がる。瓦礫が底に着いた時、ふわっと水中に砂を巻き上げた。

霞はそっと目を閉じて、音が支配する彼の〈世界〉を再現した。

その音が頭の中に、集約されていく。びゅうびゅうと、ごうごうと、どっどどどうと、音の洪水がぶつかり合っていた。長さも短さも大きさも振れ幅もすべて違う波形がいくつもいくつも折り重なる。それは次第に、脳裏で一つの像を結ぶのだ。

「145～アホ娘……、164～アホ娘2号……、で。あと二つ、か」

舞姫、ほたる。おおよその身長のあたりをつけながら、水中を動く存在を特定していく。さらにもう一人探知した。わざわざあたりをつけるまでもなく、すぐに明日葉だとわかる。

さて、では残る一体は何者か……。と、霞が跳ね起き、ライフルを構えた。

×　×　×

明日葉は緩やかなバタ足で海中を進んでいた。

静寂そのものの海域で、白い底地が美しかった。

――きれいな海……。でも…、なんでだろ…〈アンノウン〉どころか、何もいない…。

水の透明度が高いおかげで特にこれといった問題も見当たらない。

ただ、他に何もいない世界というのは一抹の寂しさ、心細さを抱かせた。こぽっと泡を吐いて、水面を見上げる。その見上げた先からよく知る顔が覗かないかと。

もの寂しさから時折、後ろを振り返る。

何度目かに振り向いた時、突如としてそれは現れた。

いきなり背後から迫ってくる〈アンノウン〉に、明日葉は海底に足をついて対峙する。腿に着けたホルスターに手を伸ばしかけたそのとき、〈アンノウン〉は既に眼前まで来ていた。水中に特化したかのような動きに、海中での戦闘経験がほとんどない明日葉は対応しきれない。

迫りくる〈アンノウン〉に、つい目を閉じかける。

そこへ、命気（オーラ）に包まれた弾丸が飛び込んだ。

航跡を引いて海中を進み、渦を巻いて敵を討つ。初撃のあと、つづけざまに三発。いずれも命中し、〈アンノウン〉は吹き飛んでいった。

明日葉は驚きも冷めやらず、すぐに海面へと上がっていった。

そして、ぷあっと顔を出して、霞が撃ってきたであろう方向へ視線をやった。

「お兄ぃ…？」

一度顔を全部出したものの、明日葉またちょっとだけ沈み、鼻から上だけを出すと口からぶくぶくぶくーと泡を吐いた。

×　×　×

すちゃっとスナイパーライフルを上げ、エネルギーカートリッジを排莢（はいきょう）。

銃口から薄く煙がたなびいていた。

「当てたのか？」

「——さてね」

朱雀の問いに適当な答えを返す霞。だが、爆発が起こったことを考えればほぼ確実に当たっているだろう。

霞の銃弾が引きおこした海中爆発は、遥か海ほたるの仮設司令部からも、立ちのぼる巨大な水柱として視認された。朝凪が椅子を蹴倒したらしい音と一緒に叫び声が通信機から聞こえる。

『今のは何だ？　敵を見つけたのか⁉』

「213位が狙撃した。確認は任せる」

朱雀の返信は同時に他の者たちにも伝わった。

『ほお』

『さすがだね！　確認しに行こうほたるちゃん！』

『ヒメと共にならどこまでも！』

共に行動していたほたると舞姫はその報を受けるやすぐさま、敵の死亡だか撃沈だかを確かめに行った。

通信内容を確認し終えて、霞はインカムを外す。と、なにやら朱雀が真面目な顔をしていた。

「ふむ……」

「ん？　――…何」

「水中に潜む敵を音の僅かな反射から見つけ出し海上から狙撃……か。さすがは【夜を支配する者】――…ヴァンパイアバット」

　結構かっこいい声で言われて霞は引いた。

「ちょっと、ヒトの〈世界〉に変な名前付けないで？　……ひょっとして……」

「ん？」

「……それ、全員に付けてるの？」

「そうだが。悪いか？」

「……いいとか悪いとか以前に気持ち悪いよ…」

　霞が割と本気っぽいトーンで言うと、それまで自慢げだった朱雀がちょっとムッとした。

「惰弱な感情論など知らん。……それよりも普段から本気を出せ、無責任男」

「お前がくたばったらな、勘違いヒーロー」

　朱雀は真っ向から霞を見据え、片や霞は横目の端だけで朱雀を捉える。

　そんな二人を岩場の陰から覗き込んで、カナリアは嬉しそうににっこりと微笑んだ。

×　　×　　×

「結局――かすみんがやっつけた一体だけってコトだったみたいね」

　海ほたるから戻る帰りの列車の中でふむーんと舞姫が呟いた。

「大山鳴動してネズミ一匹、か。まあ被害がないにこしたことはない」

「うん！」

ほたるの言に舞姫が元気良くうなずけば、青生もはいと答える。舞姫にとっては誰も不幸にならないことこそが至上の喜びだ。むしろ、今日のように〈アンノウン〉があまり出ないほうがずっと喜ばしかった。

しかし、横のボックス席に座る朱雀は今日の結果に納得がいっていないらしい。半身を乗り出すと、舞姫らの席へ話しかける。

「しかしあれは何だったんだ？〈アンノウン〉が出現する時はゲートが開き、必ずその反応は捕捉できていたはずだ」

「管理局の方で調査すると言っていた。任せるしかなかろう」

「はい、あとは朝凪さん夕浪さんにお任せしましょう。それより今日は一日、警備に探査と、皆様お疲れ様でした」

青生はうなずくと、舞姫とほたるにぺこりと一礼。そして、横のボックス席の朱雀とカナリアにも会釈を送った。すると、朱雀が真顔で小首を傾げる。

「……誰だ？」

「ですよね〜……」

朱雀の声のトーンや表情から、その発言に悪意がないことはだんだん青生にもわかってきていたので、あはは……と困り笑いを浮かべるにとどめる。ここから先はカナリアのお仕事だ。

「いっちゃん！　だいたい、いっちゃんは優しさが足りないんだよ！」

そんな騒がしいやりとりを、斜め向かいのボックス席から霞がぼーっと眺めている。ひじ掛けに頬杖をついて背もたれに体を預けるとちょうどよく見えた。話に耳を傾けて、ふっと微笑を浮かべると、正面に座って同じような姿勢をとっていた明日葉が薄い吐息を漏らした。

「……何？」

霞が訊いても、明日葉はしばらく答えずに、頬杖ついて窓の外を見ていた。

「……別に」

不機嫌そうに言うと、また無言が続く。霞が少し肩を竦めて、目を閉じた。

「……お兄ちゃん」

すると、明日葉が小声でささやくように言った。それに霞はやや驚く。声を掛けるでなく、ただ視線と態度だけで言葉の続きを待つ。

明日葉はふいっと窓のほうへ顔を向けたままだ。言葉の続きも出てはこない。

けれど、頬をほんのり朱に染めて。拗ねたように尖らせた口元が、ぽしょりと。

「ありがと……」

それは小さな呟き。口の中だけで紡がれて、だからこそ、きっと自分の本心に一番近いところからの言葉だ。霞は思わず、二、三度瞬く。そして噛みしめるような沈黙。

「…………」

ふっと、普段よりもいくらか大人びた微笑を漏らす。そして、わざわざ大仰に、耳に手を当てて前に乗り出す。

「え？　何？　聞こえない、あと五回言って」

「な、なななななにをッ」

今しがた言ったことをなかったことにしておきたいのか、明日葉は動揺しまくる。しかし、霞が聞き漏らしているはずがない。

「いやだから、お兄ちゃんありがとうって」

霞がうっすら頬を染めて身を前に乗り出す。その一言一句たがわぬ復唱に明日葉の顔が羞恥(しゅうち)でかーっと赤くなった。

「聞こえてるしほんとウザイし！」

そんな千種兄妹のやりとりをほたるがちらと見やる。ほたるの肩を借りてすーすーと寝息を立てている舞姫を気遣ってか、その声はやや小さい。

「相変わらずわからん兄妹だ」

「…………」

青生も千種兄妹の様子を窺って、憧れの混じった嘆息を漏らすと、首肯した。

後にはただ彼ら彼女らの寝息が聞こえる。

賑やかで、静かで、安らかな時間だ。

——そして列車は彼らの日常に、彼らの戦争に、戻っていく。

×　×　×

海ほたるのヘリポートに一機のヘリが降り立った。

「敵の残骸を回収しました」

「ご苦労様。残骸は管理局本部へ輸送しておいてください」

その報告に夕浪がすぐさま対応を伝える。スタッフがそれを実行すべく慌ただしく対応するのを見ていた朝凪が、苦々しげに口を開いた。

「綻(ほころ)びを——いや、裏をとられたか？　奴らに障壁の構造を探られたかもしれんな」

「アップデートは済ませたけど……。侵入不可領域周辺は警戒レベルを上げざるをえないわね」

夕浪の言葉に朝凪が黙ってうなずく。首肯自体は是と言っているが、その沈黙は否と言っているように夕浪には感じられた。

おそらく、敵は何度でもやってくるだろう。このまま鼬(いたち)ごっこで終わればまだいいが、こちらが後れを取る可能性もある。

それは夕浪自身も理解しているのだろう。

暗い海を冷めきった瞳で見つめて、寂しげに呟いた。

「諦めては、くれないのかしらね」

「ないだろうな、あれはそういう生き物だ」

朝凪の言葉には確かな実感がこもっている。

否、実感ではなく、それはおそらく真実なのだろう。

俺はこの世界が案外嫌いじゃない。

別に好きなわけじゃあまったくないけれども。

たまによく聞く、好きの反対は無関心ってやつかもしれない。

だからまぁ、端的に言って、どうでもいい。

だいたい、一個人にとっての世界という言葉の定義がそれぞれで違うのだ。

個に対する全という意味合いで世界という言葉を使うこともあれば、
自身さえも内包しうるあまねくすべての概念を世界という場合もある。

あるいは、それら二つを器用に使い分けて、自身や周囲への言い訳にさえしてみせるものだ。

世界は曖昧模糊に複雑怪奇。世界はアイマイミーマイン。

結局のところ、自分が認識できるところまでが世界の限界でしかない。

とどのつまり、世界の限界は言葉の限界だ。意味化して認知できるものだけが実態であり、実在。

なのに、言葉というのは実に実のないウソだらけの記号に容易く成り下がる。

『天使なわたしの霞くん。いいですか？　わたしの声が聞こえるまで、
何があってもここを動いてはいけませんよ？　王様と預言者とわたしの言葉は絶対！』

ひどく昔、晴れ間と夜闇の間、赤い空の下でそう言われたことを思い出す。

俺たちがものごころつく前のこと――。

まぁ、そんでもって……、結論から言えば、捨てられたわけだ。

たったひとつのよりどころだった言葉が嘘だとしたら、それは世界そのものが信じるに値しない、実在しえないものだという証左。

ないものに、好きも嫌いもありはしない。どうでもいい。

――ただ、まぁ、なに？

そんなどうでもいい世界でも、ひとつくらいは、俺にも譲れないものがある。

他のことはだいたいなんでも譲っちゃうんだけどね。

家でシャワー使う順番とか、一緒に電車乗ってて近くの席が空いた時とか、シェアした唐揚げの最後の一個とか、あとは俺が死んだときの財産とか。あんまり財産ないけど。

つまりこれは、そういう簡単な話だ。


世界に残されたのはひとつだけ、ひとりだけ。

いつだって、答えはシンプルだ。

払暁(ふつぎょう)の光がステンドグラスから差し込んでいた。

灼(や)ける赤がいくつもの色に変わり、装(よそお)い、嘘をつき、中央に鎮座まします女神像に光を当てて、深く黒い影を落とす。

ステンドグラスを透かして注ぐ色とりどりの光は、いずれも元は一つのはずだ。

けれど、今は三原色を無数に混ぜて、多彩に輝き、伸びた影の闇さえもパレットの中に加えて、新たな絵を描いている。

その光景を目にしているのは、今、大聖堂にいるただ一人のみ。朝凪求得(あさなぎぐとく)だけだった。

無論、時間帯のせいもあるだろう。こう朝早いと、東京湾のウミネコたちだってまだ鳴いていない頃合いだ。

しかし、この大聖堂はたとえ昼でも、あまり人の姿を見かけることがない。

管理局棟からほど近い立地、玲瓏(れいろう)なる白亜の壁、燭台(しょくだい)の炎が照らすシックな内装、そして、大きなステンドグラスに彩られる女神の像。数え上げてみれば、人に好まれそうな要素はそれなりにあるのだが、建物を管理保守する任についている者以外はほとんど立ち寄らない。

その理由はいくつか考えられるが、一番大きな理由は、南関東管理局が置かれている都市においては、この大聖堂が少々異質な雰囲気の建物だからだろう。

そもそもこの手の聖堂は、礼拝や典礼儀式を行うための宗教施設だ。

その文化的役割も旧時代然としたデザインも、最先端の技術と最新鋭のデザインによって建設された南関東管理局のビル群の中ではどうしても浮いてしまう。

何より、この都市にいる人々は、神に祈ったりはしない。

さもあろう。人々に、神も仏もありはしないとさえ思わせた〈アンノウン〉による侵略、そして戦争を経験した者たちなのだ。信仰などとうの昔に捨ててしまっていてもおかしくはない。

防衛都市に住む生徒たちにしても、コールドスリープから目覚めたばかりの頃はまだ幼い子供である。信仰に対して、馴染(なじ)み深いと感じるだけの長い時間を過ごしていない者がほとんどだった。そして、成長してからも、〈アンノウン〉との戦争に自らの持つ超常的な力でもって臨(のぞ)み、実際に迎撃しているのだから、祈りや信仰といったものに縁遠くなるのも無理はない。

故(ゆえ)に、南関東にいる者たちにとって、この大聖堂は本来の用途を果たすこともない、無用の長物なのだ。

けれど、ただ一人、朝凪求得は時折こうしてふらりと現れては、長椅子に腰かけて、静かな時間を過ごす。たいていの場合、今日のように、現在ではもう製造されていない旧時代の缶ビールを持ち込んで、ステンドグラスから差し込む朝日に煌めく女神像を眺め、ただただ無言でちびちびとやっているのだ。

その静かな空間に、きぃと扉を開く音が響いた。

朝凪はゆっくりと首を巡らせて、扉のほうを見やる。そして、にっと、年齢を重ねた男だけが見せる苦み走った微笑みを浮かべた。その微笑に、柔らかな声が返される。

「ここにいたの」

「ああ。……もう、時間か」

「ええ……」

どこか辛そうに答えて立ち上がる朝凪の表情に、ふと影が差したように思えて、夕浪は気遣わしげに目を細めた。

だが、軍靴が床を叩くその足音に翳りなどまるでなく、夕浪は小さな嘆息を漏らして、朝凪の後に続く。

聖堂の扉を閉める間際、差し込む朝日に照らされる女神像が視界に入る。

その一瞬だけ、夕浪愛離は視線を逸らすように、静かに目を伏せた。

×　×　×

管理局内コントロールルームに、ピピっと自動ドアのセキュリティ認証音が響き、朝凪と夕浪が入ってくる。

その二人に、鋭い視線を向ける者があった。二人よりも先にやってきていたのであろう。ピンヒールをかつっと鳴らして脚をそろえると、二人の前に出て軽く敬礼をした。

大國真昼医務官。この地の統括管理官の一人だ。

「待たせしてしまってごめんなさい」

「いえ、こちらこそお時間いただいて恐縮です。移送者のリストをお持ちしました。ご確認を」

申し訳なさそうに声を掛ける夕浪に、大國は脇に抱えていたリストを差し出した。

「ええ、ありがとう……」

「負傷者のほか、適性の低いものを中心にリストアップしています。上位個体については、ご指示どおり、保留中です」

大國の言葉に夕浪が小さな首肯を返すと、受け取ったリストをゆっくりと開いた。そこには生徒数名の名前が記されている。夕浪は一人一人の名前を自身に刻み込むかのように、長い時間をかけて見つめていた。

「……問題ありません。進めてください」

「了解しました」

戻されたリストを受け取って、大國が静かにうなずく。夕浪は大きく息を吐くと、そのうるんだ瞳を窓の外へとやった。それにつられて、朝凪も窓辺へ立つと外を見下ろす。

管理局棟から見下ろせる大聖堂近くでは、まだ夜が明けて間もないというのに、多くの医療用護送車が並び、白衣や防護服を着た人々が慌ただしく行きかっていた。

「内地への移送、か……」

「ええ……。せめてゆっくり休んでもらえるといいけれど」

あけもどろの空のような朝凪の重々しい声に、夕浪はそっと目を伏せた。その声音は平素よりも慈しむような、哀しむような響きがあった。

しかし、ただ一人、大國真昼だけは違う。

「そうですね。彼らは我々の世界を支える大事な資産です。一つたりとも無駄には致しません」

「…………」

妖艶ににっこりと微笑む大國の言葉に、夕浪が眉をひそめる。その眼差しには確かに敵意が灯っていた。何か言おうと口を開きかけ、しかし、それを朝凪が押しとどめる。

「ご苦労だった。後の作業はいつも通りに」

「……それでは失礼致します」

一礼すると大國が退出する。その後ろ姿を夕浪はずっと睨むように見ていた。そして、窓辺にいる朝凪の隣にやってくると、ぽつりと小さな声で呟く。

「あんな消耗品みたいな言い方……」

怒りや悲しみが綯い交ぜになった結果、まるで拗ねたような口調の夕浪の言葉に、それまで厳しい表情をしていた朝凪が苦笑する。

「わかってる。……だからそんなに彼女を睨むな」

優しい声音だった。

その言葉の意味が、夕浪にはよくわかる。この種の対立はけしていい結果を生まない。管理局、ひいては臨時政府という巨大な組織の内側においては、夕浪のほうが異端な立場にあるのだ。それがわかっているからこそ、夕浪は肩を落として、その小さな手をきゅっと握り込んだ。

「俺たちは最善を尽くすだけだ。あいつらを守るためにな」

「そうね……。あの子たちは私たちの、最後の希望なのだから……」

朝凪に並んで、夜明けの窓辺に立つ。差し込む朝日は彼女の優しい瞳を煌めかせ、物悲しげだった力ない微笑に、少しずつ熱を与えるようだった。

×　×　×

朱雀壱弥の朝は早い。

街が起きだしたばかりの時間帯だと、さすがにバスも空いている。空席だらけの車内で朱雀は物憂げに窓の外を見た。

車窓を流れる景色は、朝靄にけぶり、模糊として見通せはしない。この分では海上のほうもやや視界が悪かろう。そんなことを考えていると、朱雀の通信端末が振動する。見れば、嘴広コウスケからの着信だった。気づけば、着信拒否していた。

これでいい。そんな達成感を抱きつつ、朱雀は端末をしまおうとする。だが、端末は相変わらず、小刻みに、かつ不規則に、何度も振動を繰り返す。通常の着信パターンではない。

画面を確認してみると、一行だけのメッセージがいくつも連続で送られてきていた。

『っベーｗ』『着拒きっつｗ』『リーダー』『今日の紹介任務』『っべ、ミス』『今日の哨戒任務』『シフトどうします』『的な?』『アクアライン』『現地集合でいいすか』

朱雀は無性に腹が立った。必ず、この千葉もどき東京生を除かなければならぬと決意した。朱雀には若者文化がわからぬ。朱雀は東京の首席である。

しかし、朱雀の決意など知る由もないコウスケはひたすらメッセージを送り続けてくる。とにかく一秒でも早く、このわずらわしさから解放されたかった。

『文章はまとめてから送れ。いちいち俺に訊くな。その程度のこと、お前たちで片付けておけ』

『え、でもー』『首席も』『ワンチャン同行』『するように』『管理官からも』

朱雀はそこで読むのをやめた。犬と同行する意味は一ミリもわからなかった。

『くどい』

三文字だけ、素早く送りつけて端末の電源を強制シャットダウンした。

間のいいことに、バスはちょうど目的である軍事病院に到着している。朱雀は軽快な足取りでバスを降りると、病院内へ入っていった。

×　×　×

宇多良カナリアの朝は早い。

女の子は朝の身支度に時間がかかるものだからというのも、無論、早起きの理由の一つではある。けれど、最大の理由は朝早く起きることが常態化しているからだった。

特別な任務や仕事がなくても、早く起きる。むしろ、特別な任務や仕事がある場合には、それに支障が出ないように、さらに早く起きる。

そして、早朝の時間を使って訓練特訓体力づくりに能力開発追い込み飛び込みうさぎ跳び。できることはなんでもやる。できなくてもやる。無理というのは嘘つきの言葉、そう信じてやまない。

カナリアは戦闘能力が高いわけでは全くない。それに、東京校戦闘科において、かつては必須とされていた飛翔能力も持ち合わせてはいない。

ことアンノウン戦闘において見るべき点があるとすれば。その〈世界〉。能力の強化と弱体化くらいのものだ。だが、それもカナリア個人の過去の諸事情があって、実際の運用効率はあまりよくはない。強化それ自体は好条件が揃えば有効な戦力に加算されうるのだが、基本的戦闘スペックが低いカナリアを強化しても、あまり意味がない。それ故、単体での戦術的運用はほぼ無意味、常に誰かと一緒に運用する必要がある。

だから、宇多良カナリアはずっと頑張る。一生頑張る。死んでも頑張る。自分に価値などないことを誰よりも理解しているから。

そんなわけで、今日も今日とて早起き！　なカナリアである。

おかげで朝一番にかかってきた嘴広コウスケからの通信にも、はっきりばっちし冴えた頭で対応することができた。しっかり目が覚めているので、着替えをしながら話をすれば時間短縮になる、なんて冴えた考えも浮かんでしまう。

寝間着を脱いで、下着姿もあらわなままに、カナリアは卓上端末のほうを振り返る。幸いなことに、カメラ設定はＯＦＦになっていて、〝ＶＯＩＣＥ　ＯＮＬＹ〟と表示されている。

「いっちゃんが来ない？」

『なんかー、朝連絡したら超キレてて？　マジ理不尽っつーか、超意味わかんないんすけど』

ド頭から愚痴めいた言葉で始まるコウスケの文句は『いや、意味わかんないわ。マジカメラつかないんですけど。なんもしてないのに、壊れたんすけど』などとまだまだ続いていて、その間もボタンだかマウスだかを一生一六連射している妙なノイズ音が聞こえてくる。世間的にはコウスケの声そのものもノイズなので、もはやノイズしか流れてきていない。

「あ、あはは……。もういっちゃんってば、困ったなあ……」

ブラウスのボタンを一つ一つ留めてから、カナリアは自身の携帯端末を探す。あれぇ？　おやぁ？　とかなんとか言いながら、キョロキョロしていた。

「あ……」

ふと、カレンダーが目に留まった。日付にはメモ書き〝後方移送者決定日〟と書かれている。

それを見て得心がいった。

「そっか……、いっちゃん……」

朱雀の行動の理由がわかって、カナリアは少し嬉しくなってしまう。

彼の心根の優しさ、それ自体が嬉しいのはもちろんのことだけれど、それ以外のことも嬉しい。これからは、きっと、もっと、ずっとたくさんの人に、朱雀壱弥のいいところを知ってもらえるような気がするから、とても嬉しい。朱雀壱弥の気持ちが誰かにちゃんと届くことが嬉しい。

『カナちゃーん？　カナちゃーん？』

一方そのころ、コウスケの声は一生誰にも届いていなかった。

× × ×

朱雀が彼の声を聴いたのは幾分か久しぶりのことだった。

と言っても、彼、鶉野珠悟と直接の面識があったわけではなく、知己の仲となるまでには間に何人かを挟む必要があった。それらの人たちの存在、知り合った経緯は、東京校首席となるまでに朱雀の歩んできた道程に一筋の影を落としている。もっとも、一寸先は闇の暗夜行路を暗中模索で生きてきた朱雀にとって、それは受け入れて当然のことではあった。

東京第三外科病院。その病床のひとつで鶉野は足を吊られていた。

「すみません、わざわざ朱雀さんに来ていただいちゃって……」

「勘違いするな。見舞いでも何でもない。無様に内地送りにされる無能の顔を見に来ただけだ」

にべもなく言う朱雀に、鶉野はあははと困ったように笑うほかない。

「……大したケガじゃ、ないんですけどね」

呟き声には悲愴感が滲んでいる。その言葉に、朱雀がかすかに息を呑む。

──後方移送。この防衛都市三校の生徒たちいわく、内地送り。

それは、この〝戦争〟をしている世界において、ありとあらゆる形で人類存続のための〝戦争〟に貢献を求められる世界において、〝戦争〟が日常と化し、生きる意味である世界において、事実上の死刑宣告に等しい。

　価値基準の多くは戦争に利するか否かに置かれている。したがって、より多く〈アンノウン〉を倒すなり、画期的な戦術や技術を開発するなりして戦果を多く上げれば相応の褒賞をもって報いられる。その褒賞を得る機会に最も恵まれているのは言うまでもなく、戦闘科だ。戦果、貢献度は管理局によって監査され、ポイントとして各人に付与される。戦争に貢献さえすればいいのだから、戦闘科以外でも、ポイントは得られるが、その獲得度合いはまさに桁違いといっていい。そして、それらのスコアをランキング付けし、生徒たち自身の競争意識を働かせる。

　この三都市は、局所的かつ実質的な防衛戦争の現場であり、長期的将来的な〈アンノウン〉根絶排除に向けて、より〝戦争〟に特化した人材を育てていくための場所でもあった。

　仮に、鶉野が戦闘行為以外にも優れた能力を発揮する人材であれば、あるいは転科なりなんなりをして、このまま東京に残れたのかもしれない。

　しかし、そのために要求されるハードルは非常に高い。戦闘科以外の生徒たちも自身のスコアを稼ぐために、日々、最先端科学技術の開発や国土復興のための経済活動、人類存続繁栄のための更なる医療体制の確立などに追われている。そして、そういった彼らもまた自身の〈世界〉を目的のために活用していて、事実、通信技術や食糧事情などはいわば裏方の生徒たちの活躍によって、大幅に改善、躍進しつつある。

非戦闘科は個人として〝戦闘〟こそしないが、人類として〝戦争〟をしているのだ。

ただ戦闘をする。それ以外に能のない者が戦う力を失った時、またそれを否定された時、その受け皿となる機構は防衛都市には存在していない。

故に、内地へと送られるのだ、それも、落伍者の烙印（らくいん）を押されて――。そうした者たちのその後の人生がいかな道程を歩むかは、想像に難（かた）くない。

未練を振り払うように、鶉野は努めて明るい声を出す。

「まぁ、いいタイミングかもしれません。大國さんからも、もう能力は伸びないだろうって言われてますし」

「だろうな、あの程度の戦場で負傷して味方の足をひっぱるようでは栄（は）えある東京の戦闘科にはふさわしくない」

「ですよね……」

朱雀の威丈高（いたけだか）で直截（ちょくせつ）な物言いには鶉野も笑うしかない。こうもばっさり切られてしまうといっそ清々（すがすが）しかった。それもこの防衛都市東京で、こと戦闘においては最強である男に、否定されるのだ。そう思うと、途中からは空笑いではなく、なんだか本当に吹っ切れた気分で気持ちよく笑えた。その鶉野の笑みに、しかし、朱雀は渋面（じゅうめん）のままだ。

「……まぁ精々やるべきことをやれ。前線でも内地でもそれは変わらない。むこうでは親元に戻るんだろう？」

「ええ、残念だけどよくがんばったなって言ってもらえて」

「子供の帰還を喜ばない親などいないだろう。手土産の用意とかはしたのか？」

「いえ、特には……。入院してましたし……」

思いもよらぬ質問に鶉野が首を傾げる。すると、朱雀はつまらなげに息を吐いて、鞄から紙袋を取り出し、それをベッドの上へと放る。千葉原産の東京銘菓『ひよこ』の紙袋だ。

「あ……」

「持っていけ。マナーひとつ守れん男が東京校の〝卒業生〟だと思われると迷惑だからな」

鶉野の顔を見ることもなく吐き捨てるように言うと、朱雀はさっさと立ち上がった。これで話は終わりだとばかりに荒々しく鞄をひっつかんで踵を返す。と、その拍子にどさっと鞄から本が零れ落ちた。ベッドの上にいる鶉野からも、『シンプルマナーシリーズ　間違いだらけの帰省マナー』というタイトルが見えてしまった。

しかし、朱雀は何事もなかったように、実に堂々と本を拾って懐に入れる。

「勘違いするな。これはたまたま先週読んだ本が入れっぱなしになっていただけだ」

朱雀の表情はきりっとしていた。言葉はよどみなかった。滑舌がよかった。特にサ行とラ行は完璧だった。だからこそ、鶉野はおかしくてならない。

「あはは……。カナリア先輩がいないと、本当首席の言葉は判りにくいですね」

涙がこぼれるくらいに笑った。その笑みに朱雀は居心地悪そうに身を捩って、んっと小さな咳払(せきばら)いをした。

×　×　×

　朝方こそ靄がかかっていたが、今現在の海ほたる周辺は晴れていた。気持ちの良い青空の下、嘴広コウスケ率いる東京校哨戒部隊が編隊飛行している。周辺をきょろきょろ軽く見渡して、指さし確認を始める。

「海ほたる周辺とくに問題なーし、……もう帰っていいすか？」

『え、えっと……。と、とりあえずいつものパトロール、お願いします。ごめんね！』

　朱雀と連絡がつかないからだろう、コウスケはカナリアの指示を仰ぐ。

「うっす、まぁ、カナちゃんがそう言うならいいんすけどー？　いや、でもマジだるいんで顔見てお話ししません？　マジ暇(ひま)なんすよ、この仕事」

　なんて適当なことを言っているうちに、コウスケの端末に、〈アンノウン〉出現警報が入電した。

　ふと、沖合を見やれば、確かに小型〈アンノウン〉、オーガ級がゲートを越えて出現してくるところである。それを確認したコウスケがつい舌打ちをする。

「うっわ……出たし。ないわー、マジないわー」

『大丈夫？』

「楽勝っす！　さくっと片づけて帰るんで。んじゃ、またあとで」

『あ、うん気を付けてね！』

通信を終えて、コウスケが沖合のほうをちらと見る。ふっと、つい笑みがこぼれた。

「んじゃかるーくキメますか」

余裕を見せて、周りのチームメイトにアイコンタクトする。コウスケを先頭にして逆V字で編隊を組むと、海面すれすれへ降下し始めた。

――その瞬間。

快晴だった空が、影で覆われた。

「……へ？」

耳をつんざくような轟音とともに湧き上がる水柱。巻き上げられた海水が滝のようにコウスケたちをしとどに濡らし、直下の海面は波濤が荒れ狂っている。海底火山でも噴火したような激しい衝撃だった。

やがて、ゆっくりと水しぶきの煙が薄くなってくる。

だが、それでも、コウスケの頭上の影は消えることがない。

「……お、おいおい」

コウスケたちの眼前には、天を衝くような巨大な何かが屹立していた。

おそらくは、防衛都市にあるどの建物よりも高く、そして、異様さを感じさせる材質できているようだった。その筋張った部分は動物に、されど伸びた棘のようなものは植物ともとれ、しかし、石くれめいたその表皮は鉱物のように無機質さながら。

――けれど、その赤い燐光が、そいつが何かを示していた。

「なんなんだよ、これ……」

故にコウスケは、かつて何度となくされたその問いかけを今一度したのだ。

×　×　×

「本日午前、アクアライン防衛線海ほたる拠点にて巨大〈アンノウン〉出現。既存データにはない新種です。哨戒部隊の報告によると、過去最大だったトリトン級を超えると予想され、現時刻をもって目標をリヴァイアサン級と仮称します」

夕浪が報告をするごとに、正面モニターに新たな情報が表示されていく。

トリトン級という言葉、そして、モニターに出される過去の映像資料に皆がぴくと反応する。少々面倒……、といったところだろう。事実、過去にはトリトン級を殲滅した経験がある者もこの中にはいる。さして問題のある相手とは誰も思わなかった。

「直前まで東京本部哨戒警備部隊が応戦するも、現場指揮官判断で撤退。現在、海ほたるは敵勢力に占拠されています」

だが、続くその報告に舞姫ががばっと起き上がり、ひゃあと驚いた。

「占領されちゃったの!?」

その反応も無理からぬことだ。これまでの〈アンノウン〉との戦闘は、その多くが海上での迎撃が主。稀に外湾部に上陸もするが、いずれも結果的に討滅することができていた。

だが、占拠というのは少々勝手が違う。

「〈アンノウン〉の目的は橋頭堡として海ほたるを確保することだろう。可及的すみやかに反撃する必要がある」

朝凪が一同を見まわして言う。

それにもっとも強い反応を示したのは、やはり舞姫だ。ふむぅと考え込んでから、朱雀のほうを見やる。

「でも、すざくんが撤退なんて珍しいね。そんなに手ごわかった？」

「…………」

舞姫は何の気なしに、純粋な興味、そして朱雀の実力を評価しているからこそ、訊いてみたかっただけなのだが、今の朱雀にその質問は答えることができない。ただ腕組みをして、浅く唇を嚙むだけだ。すると、隣のカナリアがおずおずと挙手した。

「あ、あのー、今日の現場指揮はいっちゃんじゃなくって……」

ゆっくりと、やや小さい声で言ったのだが、それにぴくりと反応する者がある。

「は？　なんで？　定期巡回のシフトには必ず首席次席のどちらかが入るはずだろ。……どういうこと？」

眉を顰めて霞が言うと、それまで押し黙っていた朱雀も、重くなっていた口を開く。

「部隊のメンバーは東京の上位ナンバーだ。通常の哨戒や迎撃戦闘なら問題なくこなせる」

「ほーん……。なるほど。……よし、部下が悪いな。いつだって悪いのは部下だ。部下の責任」

わかるわかると言わんばかりに、うんうんとうなずく霞。そのややわざとらしい物言いに、朱雀は横目で睨みつける。また二人の不毛なやり取りが始まりそうだった。

だが、珍しくそこに割って入る者がいる。

「すざくん……」

いつもは元気で可愛らしいのに、今は少しばかり大人びて聞こえる。朱雀を責めるでなく貶めるでなく、諭すようなトーン。思わず朱雀も霞も舞姫のほうを向いてしまう。

この中で最も長く〈アンノウン〉と戦い続けている剣の都市の姫……。

「それは無責任すぎるよ。力には責任が伴うしパワーには責任が伴うんだよ？」

舞姫は力持つ者として、朱雀もまた強者たる力を持つと認めるがゆえに、そう優しく語り掛ける。……だが、後半が少し怪しかった。そのせいだろうか、明日葉がさらりと乗っかった。

「つまり？」

「つまり、力とは責任で、責任とはパワー！　よって力こそパワー！」

「ああ、ヒメはいつも正しいな」

瞑目し、沈思黙考していたほたるがふむとまるで悟りを得たような顔をしていた。

いつもならここで毒気を抜かれてしまっていただろう。だが、霞の毒たるや、少々根が深い。それこそ遺伝子レベルで、本能として、毒をもっている。多少のデトックスでは効果がない。

仕切り直しに薄いため息を吐く。

「まぁ、力の一号、技の二号の話は措いといて……アクアラインは俺らにとっても防衛の要だ。そこを占拠されちゃってどうすんのこれ」

「で、でも、いっちゃんにだってちゃんとした理由があって……」

「やめろカナリア」

カナリアの言葉を制したのは朱雀自身だ。

「なに、お腹でも痛かったの？」

「そういうことじゃないよ！」

軽口で茶化すと、カナリアががたっと立ち上がり、やや強い語気で言った。あまりにまっすぐ見られて、声を掛けられて、霞が目を逸らす。真正面から本音で向かってくる相手は苦手なのだ。

「――…最近、皆ルーチンワークになってたし……。わたしだって……」

切々と、自身の至らなさを悔いるようにカナリアは言葉を紡ぐ。ぽつりぽつり口にする言葉は確かに皆が心当たりのあることではあった。自身らの戦力が上がってきたからか、〈アンノウン〉に対して、明確な危機感というものが薄れてきている。それも、腕に自信のある者は特にそうだろう。あるいは、この場の誰が定期巡回に入っていたとしても、起こりうる可能性はあった。

「首席として、どうしてもやらなければならないことができて……。霞くんならどうすれば良かったと思う？」

「……俺は首席じゃないんでな」

「そういうことじゃないよう……」

しゅんと項垂れるカナリアの視線と困ったような声に、霞も居心地悪そうに薄く息を吐いた。あるいは、カナリアも純粋に答えを欲したのかもしれない。だが、そう捉えない者もいる。

「ウケる、お兄ぃ、逆に怒られてる」

「うるせ」

ふっと笑んで兄をからかったかと思えば、明日葉はすっとやや鋭くなった視線をカナリアに向けた。

「でもさー、実際、上位メンバーが撤退するレベルだったんでしょ？　そいつがまだいる——…てやばいんじゃない？」

「そ、そうだよ！　だから今は誰が悪いとかそういうことじゃなくて——…」

明日葉の助け舟にうんうんと明るく頷くカナリア。だが、明日葉はふっと息を吐くと、しらーっとした目をふいっと外す。

「ま、誰が悪いかは決まってるんだけどねー」

「うぐぅ！」

うう…と唸るカナリアと、その横で硬い表情の朱雀。それをさすがに哀れに思ったのか、霞も、お、おう……と、やや引き気味だった。

「お前、容赦ねえな……」

霞の言葉に明日葉は一瞬むっとして、すぐに逆方向にふいっと顔を逸らした。

「だって……」

吐息交じりの少し拗ねたような呟き声は誰にも届かず、空気の中に消えていく。

ただ、そんな二人のやりとりを夕浪が微笑ましく見つめている。そして、その視線を舞姫とほたるへ、続いて、朱雀とカナリアへと向ける。

一方で朝凪求得はことさらに厳めしい面構えで――。

「討伐部隊を編制し明朝、日の出とともに三校同時に奴を叩く！　今までの敵とは違うんだ。……自分たちに何ができるか、何をすべきか考えろ」

朱雀壱弥をじっと見つめる。

その意図を、朱雀はどれだけ察しただろう。ただ、会議机の下で握った拳は痛々しいくらいに握り込まれていた。

「各校の戦闘科への連絡と選抜はお前たちに任せる」

「はい。では各員解散。出撃準備」

朝凪と夕浪、二人からの通達事項が済めば、会議は終わりだ。

あとは、明朝の作戦行動開始まで、それぞれが出撃準備に入ることになる。

こういったとき、もっとも行動が素早いのは、神奈川だ。なにせ首席の年季が違う。舞姫を慕う者たちが舞姫に最適化した体制を構築しているため、彼女のいかなる発令に対しても即座に対応できる。

上着を翻して立ち上がると、たたっと勇み足で会議室を出る舞姫。ほたるが、寸分たりとも遅れずについていく。

「ほたるちゃん、出撃だよ！　楽しみで眠れなくなっちゃうね！」

「ああ、今夜は寝かさないぞ」

「ちゃんと寝るのよ」

二人の背中に夕浪が優しい声を掛けると、舞姫が「はーい！」と元気よく返事をしてぶんぶん手を振った。そんなやり取りを見ていた明日葉が、いよっと勢いをつけて、椅子から立つ。

つんと指先で霞の肩をつつく。

「お兄ぃ、あたしらも戻って準備しよ」

「そうだなぁ……」

ゆるゆるとした返事をしながら、霞もよっこいせっと立ち上がる。その間際、ちらっと朱雀の顔を窺った。

霞の目に映る朱雀の表情は、硬く、そして、苛烈さに満ちていた。引き結ばれた口元と目の前のものは何も見ていない瞳。

あーぁ……っと、霞は声にも態度にも出さず、思う。

朱雀壱弥のそんな表情には見覚えがあった。最前線に立った時や、大乱戦の最中、時たまスコープ越しに見えてしまうことがあった。きっと朱雀本人にその自覚はないのだろう。けれど、誰の視線もない時に、戦場のど真ん中で、あんな顔をするのだ。

こきっと首を軽く鳴らして、霞は歩き出す。

「……いつでも、出れるようにしとかないとな」

「……？　うん」

出るのは朝だっつーの。そう言いたげな表情で明日葉は首を傾げたが、特に訂正したりはしない。どのみち、出撃準備の差配をするのは霞の仕事だ。好きにさせたげよっと、と自分が一番好き放題している自覚がなさそうに頷いて、霞に続いて出ていく。

そうして、残されたのは、朱雀壱弥と宇多良カナリアだけになった。

「いっちゃん……」

「……ん、ああ。戻るか」

カナリアから声を掛けられて、朱雀はようやく立ち上がる。そして、迷いのない足取りでまっすぐに会議室を出ていった。だが、その拳が常よりもずっと強く握り込まれている。

その手を見ると、カナリアは自分の心臓が摑まれているような気がして、苦しかった。

その手に価値ある物を摑ませてあげられないことが。何かもっと、彼の手にふさわしいものがあるような気がするのに、それをあげられないことが。

× × ×

夜になっても、朱雀の自室には明かりが灯っていなかった。

ただ、その代わりとでもいうように、卓上端末の青白い光が部屋の中を照らしている。

モニターのブルーライトに朱雀の顔が浮かび上がる。その瞳は画面の上を行ったり来たりと忙(せわ)しない。

その画面上には、防衛機構が有する統合戦術データリンクの情報が表示されている。海ほたる周辺の戦域データには〈アンノウン〉の反応を示す赤い点がいくつも光っていた。

それを確認して、朱雀はぎりっと歯噛みすると、机の上に積まれていた本をがさがさとあさり始める。『甲陽軍鑑(こうようぐんかん)』、『歩兵操典』、『サルでもわかる六韜三略(りくとうさんりゃく)』『読んで損しない孫子(そんし)』とにかくいくつもいくつも本が積まれていた。

朱雀壱弥にとって、読書は趣味ではない。

実用だった。もっとも、兵法書の類が現在の戦争、それも対〈アンノウン〉戦争に本当に役に立つと思っているわけではなかったが。

ただ、先代首席はもともと読書が好きな人だったし、自身が首席になったときに、あえて同じ行動を選択し、先代に倣うというポージングとしても読書は機能した。

また、実際に、先代から本を読むことを強く勧められもした。

それらを通して、理解せよと。

英雄の決まりを――。ヒーローのなんたるかを――。

知ろうとした。理解しようとした。わかろうとした。なろうとした。

戦うべき力は、〈世界〉は既にこの手にある。

けれど、それだけでは足りないのだ。

朱雀の手が荒々しく、本の山を崩す。すると、そこに古びたノートが交じっていた。

「…………」

震える指先でそっと触れる。自分の記憶に。そうだ。これは、記録ではなく、記憶だ。

昔の想い出も、輝かしい栄光も、単なる空想も、幸せだった日常も、忘れられないトラウマも、でたらめな夢も、実在しない人も、破って捨てた真実も。

すべて一緒くたにされて、朱雀壱弥にとってもっとも都合よく解釈できる記憶になっている。

そのノートを手に取り、ぱらぱらとめくる。拙い絵に読みづらい字。日付であろう数字さえも判読が難しい時がある。

ふと、朱雀がページを繰る手を止めた。饐えたクレヨンの匂いが鼻を衝く。

そこに刻まれていたのは、赤と黒とをすりつぶして、枠も列も形式も常識も、すべてを壊して、ただぶつけただけの、あの日の記憶だ。

あの、赤い日。世界が終わりを告げた日。そして、優しい唄が聞こえた日。

だから、誓いはそこにある。

——つよくなる。

ただそれだけが刻まれた頁。

強くならなければならない。奴等に二度と負けないために。一人でもちゃんと守れるように。

「俺が……一人で勝てるようになれば、——…何も。何も問題はない」

喉の奥から絞り出した声音に、ペンが走る音が重なる。

「問題は、ないんだっ……」

×　×　×

息が上がっていた。

次席として明朝の出撃準備のあれこれを差配しているうちに、時間が経っていた。もし、飛ぶことができたならこうも無様に地面を這いつくばったりはしなかっただろう。あるいは、もっと賢ければこんな時間まで掛かったりはしなかったかもしれない。

もっとがんばる。もっともっとがんばる。もっとがんばるがんばるがんばるがんばる。

なんて考えながら走っていたせいで、カナリアは息を吐くようにがんばると口にしていた。

がんばってがんばって走って、やがて、朱雀の部屋へやってきた。

「いっちゃんまだ起きてる？」

声を掛けても、ベルで呼んでも、返事はまったく聞こえない。

とんとんとん、とんとんとん、それでも声は返ってこない。

がちゃがちゃがちゃとノブを回すと、扉は開いた。

「いっちゃん？」

こそこそっと朱雀の気配を探りながら、カナリアが朱雀の部屋に入る。手探りで照明のボタンを押した。すると、薄暗がりの中では気づかなかったが、机の下やベッドサイドには本が散らばっている。まるで地震でもあったみたいだった。

「いっちゃーん？」

名前を呼びながらさらに奥へと進む。いないのかなぁ……と首を捻りながらきょろきょろしているると、卓上端末のモニターがちかちかと点滅していた。おやぁ？　なんぞぉ？　と近づいていくと、机の上にノートがあった。

「……うわぁ、懐かしい」

その緑を主体にしたカラーリングも、お花の写真の表紙も。つい手に取ってわーわーとはしゃぎながら昔懐かしい手触りを味わってみる。

すると、ぱらぱらっとはいかず、すっと終わりのほうのページへ一気に行ってしまった。

そこに書かれていた文字を見て、カナリアはまたきゅーっと心臓が痛くなった。

つよくなる、と書いたのは、あの男の子。

一人でもカナリアを守れるように、と書いたのはあの少年。

ほんのり頬を染めて、転がっているペンで何事かそこへ書き足し、微笑むカナリア。

「えへへ……」

が、当初の目的を思い出したのか、はっと顔を上げる。

「そうだ、いっちゃん！　どこ行ったんだろ……お手洗い…じゃないよね」

部屋の中でまぶしいはずもなかろうに、カナリアは額の上に庇をつくってきょろきょろと見渡した。視界に入ってくるのは、崩れた本の山や、揺れるカーテンや光っているモニター、いつも朱雀が使っているであろうベッドと布団、枕。

「まさか……っ！」

さっとモニターを確認し、パサッとカーテンを払う。その先には、全開になった窓と、どこまでも飛んでいけそうな吸い込まれるように暗い空がある。どんなに目を凝らしたって朱雀の姿が見えるはずもない。けれど、きっと一人で行ったのだと確信があった。

「いっちゃん……」

あわわ！　わわわ！　と慌てて、カナリアは自分の制服のポケットをスカート、ブレザー、ブラウスに至るまで、ぱんぱん叩く。そして、見つけた携帯ですぐに通信を入れた。誰にかけたかはほとんど画面を見ていなかったが、たぶん一番最近通話をした人だろう。

相手が出るのを待ちながらも、足は勝手に走り出していた。

さっきよりももっと速く走る。がんばる速くがんばるもっとがんばる速くもっとがんばる。

『うぇーい、おつかれーっす。カナちゃーん』

「いっ、いっちゃん！」

切れ切れの声でとにかく伝えるだけ伝えなければ早く伝えなれば。

『は？　いや、コースケコースケ。え？　あ、電話だと声わかんない的な？』

「違うの！」

『マジかー。あ、あれだべ！　結構マイク乗りいい、みたいなやつっしょ？　っべー、それたまに言われんだよなー』

「もうっ！」

カナリアは地団太を踏む代わりに、地面を蹴るようにして走り続けた。

× × ×

深夜近くになっても、朱雀は海ほたる周辺の索敵を続けていた。

定期的にデータリンクの更新情報を確認し、実際に周囲を飛んでみては目視確認。

だが、どういうわけか、〈アンノウン〉はどこにも見つからなかった。

「周辺に敵影は、……ない、か」

海ほたるが遠巻きに見えるアクアライン、その欄干上にすっと降り立つと、朱雀はじりじりと海ほたるまでの距離を詰めていった。

リヴァイアサン級は巨大種のトリトン級を超える大きさだという。トリトン級が全長一〇〇メートル以上……。それと明確に区別できるほどに大きいとなれば、数倍はあってもおかしくはない。であれば、やはり上空。高いところから探すべきだろう。

朱雀は自身の周囲に斥力球をいくつも発生させ、いつでも撃てるように、そして、軽い攻撃ならすぐさま防げるように、身体にまとわりつかせるようにぐるぐると展開させる。

そして、海ほたるのもっとも高いところ。

ヘリポートまで一気に飛んで、降り立つ。誘導灯の赤いランプがくるくると動き、その赤い光に混じって、すっと、いくつかの影が躍った。

朱雀はすぐさま、その影にガントレットを突きつける。

「わ、わあぁ！　て、ていこうしません……」

影がしゃべったと思ったら、その声に覚えがある。見れば、冷や汗を掻きながら両手を上げて固まるカナリアだった。

「カナリア……。なぜお前がいる」

「だって、いっちゃんが勝手に飛び出してくから……」

いじけたように言うカナリアに、朱雀はため息を吐く。

「……足手まといだ。まともに飛べないお前じゃ回避も撤退もろくにできないだろ」

そっぽを向いて、真正面から見つめられないように朱雀は言う。帰れと。

だが、言われたってカナリアは納得できない。むっとして、つかつか歩み寄ると、朱雀の手をぎゅっと握ってきた。

「な、なんだ……？」

「わかってないみたいだから、お姉ちゃんがちゃんと教えなきゃと思って」

「なにをだ……」

ぷくっと頬を膨らませ、怒ってみせるカナリア。朱雀がその手を振りほどこうとすると、さらにきつく握り、腕ごと抱きしめる。

そして、微笑みかける。

「いっちゃんはね、一人じゃないんだよ」

「……」

その微笑みが、その一言が、その温かさが、朱雀の思考に一瞬の空白を生む。

だが、我に返ると、なるべく優しくカナリアの手を振り払う。

「何を言ってるのかわからないな。俺という有能な存在はこの世にたった一人だ。二人もいるはずがない」

「もう、すぐそういうこと言う」

言って、カナリアがちらっと後ろを振り向いた。

「せっかくみんな来てくれたのに」

「なに？」

つられて、カナリアの後ろを覗き込むと、見慣れた顔が、得意げな顔をしている。

「たぶん一人で行っているんだろうなって思いました」

「バレバレですよ、朱雀さん」

「リーダーを一人で行かせるわけないじゃないですか！」

いつもカナリアを運んでくれる後輩の少女、コウスケの部隊のメンバー……。

口々に言われ、朱雀が戸惑い、声を失っていると、部隊の後ろのほうからふぁと欠伸交じりに面倒そうな声がした。

「ま、カナちゃんに頼まれたら断れないっすから。……それにまぁ、俺らもリベンジ燃えてますし？」

にかっと笑ってサムズアップするコウスケだ。

カナリアも入れれば七人、皆、朱雀に笑顔を向けてくる。

「……ふんっ。俺がいればそもそも占拠されるような事態にはなっていないがな。……とっと片付けて帰るぞ」

朱雀は素早く背を向けると、さっさと一人で歩きだしてしまう。

その背中を、ぽかーんと見るコウスケ。今の朱雀の発言にさすがにあっけにとられたらしい。

すると、慌てて、カナリアが間に入る。

「あ、えっと……、迷惑かけて悪かった、来てくれてありがとうって」

「マジすか今言ってました？」

「言ってたの！　いっちゃんの言いたいことは全部わかるもん……」

「マジすか」

「マジなの！　ね、いっちゃん？」

前を行く朱雀に声を掛けると、朱雀がハンドサインで止まれと示す。

「くだらないおしゃべりはそこまでにしろ。……見つけた」

朱雀が見据えるのは眼下の海。橋脚のあたりを根城にでもしていたのか、赤い光がぽつぽつと蠢いている。

「俺は行くぞ」

「ついてこいって」

朱雀の宣言は、翻訳によって指示となり、哨戒部隊のリベンジマッチが始まろうとしていた。

×　×　×

オーガ級を確認。撃破。クラーケン級を確認、撃破。トリトン級、未だ確認できず。

朱雀は今しがたの戦闘を振り返る。確かに海ほたる周辺に〈アンノウン〉は出現している。だが、リヴァイアサン級などという眉唾ものはおろか、トリトン級すら現れない。

「数だけは多いが――…。雑魚ばかりじゃないか。この程度、俺一人で充分だ」

朱雀はひとりごちる。確かに潜んでいた数はそれなりに多かった。だが、この人数で、カナリアによる能力活性がある状態で負けるはずがない。

付近の〈アンノウン〉は掃討し終えてしまったのか、赤い光は一つも見当たらなかった。いつもなら、暗い海など恐ろしさの対象でしかないが、今はなんとも心強い。

カナリアはほっと胸を撫で下ろす。まだ、この程度の戦闘なら、と安心していた。

ただ、朱雀はまだ気を抜いてはいなかった。振り返って海ほたるを睥睨する。

第一、奴らは海ほたるを占拠したのではなかったのか？　朱雀は小首をかしげ、かしげついでにコウスケを見る。

「……この程度の連中に撤退したのか？」

「ちげぇっすよ！　もっとでけぇんすよ！」

「どうだかな。数だけは多いが……」

「いや、超でけぇのがいて、マジなんすけどねぇー」

っかしーなー。と、首を捻っているコウスケ。これがヨタ話だったら、その首が捻じ切られることになるんだろうな……と朱雀が思っていると、海ほたるの南端へと出ていた。

もし、今が昼であれば、水平線が綺麗に見えただろう。

だが、真夜中に見える太陽などありはしない。

だから、水平線は見当たらない。なのに、ないはずの水平線が、じわりと、にじんだ。

深夜に、航行する船も、向こう岸も、離れ小島も、何もない真っ暗闇の海に。

確かに、水平線が浮かんでいる。ぽつり、ぽつりと点がだんだんつながって――。

赤く、紅い、暁の水平線。

その色を認識した瞬間、朱雀は叫んでいた。

「下がれっ！」

慌ててコウスケたちを下がらせると、数瞬前までいた場所に着弾し、爆風と砂煙が巻き上がった。爆風が収まると同時に、朱雀は砲弾が飛んできた方角をキッと睨み付けた。

これまでの雑魚とは違う。大物がいる——。

「どこに隠れているか、知らないが……。あぶりだしてやる！」

朱雀の斥力球が無数に飛び出す。それらはひとつひとつが意志を持つように、無軌道に跳ね回った。

そして、ガントレットが巧みに振るわれれば、たちまちに幾重にも折り重なり、海面を、海中を、あらゆる制約を無視して、飛び回った。

あちこちで力場が弾ける。その度に、海中に潜航していたオーガ級、クラーケン級が爆散し、あるいは圧壊し、海面を泡立たせる。

こぽり、と最後にひと際大きな泡がたって、弾けると、海は凪いだ。

耳を澄ましていると、ただ、たゆたう波音だけが聞こえる。

外れか……。そう判断して、今度は違う方面めがけて斥力場を展開させようとした、その時。

「す、朱雀さん……」

コウスケが引き攣った笑みではるか前方を指さした。

こぽっこぽっと、海面が沸く。弾けた泡は生臭い潮の匂いを上空まで巻き上げ、さらに、その範囲を広げていく。ざわざわと沸き立った海面が急速に盛り上がると、天を衝くほどの水柱が上がった。

　そして――。

――――――――――――――――――――

　およそ言語とは思えない、耳障(みみざわ)りな音。生理的嫌悪感が何より先に来る。

　けれど、もっとも嫌悪すべきは、その在り方。

　何物にも染まらぬ黒を。漆黒(しっこく)の闇に包まれた夜空と海を。

　一瞬にして赤く染め上げ、凌辱(りょうじょく)し、支配する異形(いぎょう)。星さえ飲み込まんとするほどに屹立(きつりつ)した巨軀。幾重(いくえ)にも絡(から)み合い飲み込み合いながら伸びてくる醜悪な触腕。乱杭歯(らんぐいば)のごとく互い違いに嚙み合っては膨れ上がっていく外殻。

「なんだ、あの大きさは……」

　その姿を見た者は皆、息を呑む。だが、朱雀はそれでも不敵に微笑む。

「下がれ！　俺がやる！」

「いっちゃん！」

　前へ出ようとした朱雀を、カナリアが呼び止めた。その心配げな眼差しは、しかし、朱雀にとって、ブレーキにはなりえない。どころか、おそらくは、後押しさえするのだろう。

故に朱雀は飛んだ。今までよりも速く、何者にも止められないように。

だから、彼を止めるとすれば、それは人知を超えた存在だ。

朱雀の目指す先真正面、沖合に鎮座するリヴァイアサン級が、その巨軀を揺らして、蠕動(ぜんどう)する。触腕が外皮の上を這いまわり、赤い燐光が集積回路さながらの軌道で駆け巡る。

そして、その身体にぽっかりと大きな虚(うろ)を開いた。そこから覗くのは集束していく赤い閃光だ。その赤は、かつて世界を滅ぼした色によく似ている。

深淵にも似た巨大な虚が朱雀に向けられ、じりっとスパークが走る。

「――っ！」

反射的に、展開していた斥力球をすべて前に突き出した。

その斥力球が赤い雷に触れて、弾けていく。

「くぅっ！」

呻きながらも朱雀はギリギリで身を反らし、直撃自体は回避した。赤い雷はそのまままっすぐ海面上を走っていく。その熱量たるや、もはや神話に近い。雷が触れた瞬間は海が割れたようにすら見えた。

桁違いだった。これまで戦ってきたどの〈アンノウン〉とも違う。ぎりっと朱雀が唇を噛む。

すると、リヴァイアサン級もまた、歯嚙みをするように不快な音を立てた。

耳をつんざくような音に、海が呼応する。無数のオーガ級が飛び出してくれば、それが呼び水なのか、クラーケン級も浮上してきた。

「雑魚を叩いてもしょうがない……。頭を潰す」

　朱雀の言葉に全員がうなずく。

「カナリア！」

「は、はい！」

　急に呼ばれて、返事が少し上ずった。

「まだ余力はあるか？」

「がんばります！」

　朱雀の問いかけに、カナリアは迷うことなく言った。なぜなら、がんばれるから。がんばることだけはできるから。

「コウスケ、シールドを張って耐えるならどのくらいいける？」

「一〇分一五分くらいっすかね。まぁ、あの辺の雑魚のこと考えなくていいなら」

　その答えで朱雀の方針は決まる。リヴァイアサン級さえ葬れば他は物の数ではない。

「あいつは俺が仕留める！　カナリアは俺に強化を集中しろ！　その間お前らでこいつ共々自分を守ってろ！　いいな！」

　それは自分にできることだろうか。そんなことをカナリアは考えなかった。できないならできるまでやる。たとえ死んでもやりきる。

カナリアは嬉しさを噛みしめて、自分にできることを口にした。

「うん！　がんばる！」

歌が響く。瞳を伏せて、両手を胸の前に組み、その歌は世界に響き渡る。旋律は風に乗り、波がリズムを刻む。伝って落ちる雨滴のように、静かに静かに、胸の奥に染み込んで、心の底へと雫（しずく）のごとく——。やがて、それが満ちる。

朱雀はぐっとガントレットを握りしめた。

充溢（じゅういつ）するは己の命気（オーラ）。拡散するは我が〈世界〉。

斥力球が無数に生まれ、十重二十重（とえはたえ）に折り重なっていく。やがてそれらは海原すべてを平らげんばかりに轟々たる巨大な渦を巻き始める。

「すげぇ……」

コウスケがぽつりとつぶやいた。だが、あるいは朱雀自身が一番驚いたかもしれない。これまでで最も強化の効果を実感している。これならいけるかもしれない。

そして、朱雀壱弥が宙を駆け抜けた。

距離を詰め、リヴァイアサン級と対峙（たいじ）したその一瞬、赤い閃光が放たれる。先ほどまでの状態であれば、消し炭になっていただろう。だが、朱雀はその力場でもって確かに受け止めてみせた。さらに、じり、と。斥力球の足場を踏みしめ、一歩、また一歩と近づき、赤い閃光を押し返そうとしている。

それを可能にしているのは、カナリアの〈世界〉でもある。

そのことを思えばこそ、カナリアはもっとがんばれる。


歌わなきゃ、もっと……。

わたしがいっちゃんにしてあげられることは、……それだけだから。


カナリアは何があっても歌い続ける。

たとえ心臓がどくりどくりと早鐘を打ち、骨を軋ませようとも。たとえ血潮がこぽりこぽりと喉奥から湧き出ようとも。ならば、鼓動を止めましょう。ならば、血潮を飲み干しましょう。

それがカナリアだ。

カナリアの願いは変わることがない。カナリアの〈世界〉は終わることがない。

世界が終わっても歌うのだ、カナリアは。

——あと、少し。

朱雀がリヴァイアサン級に肉薄する。ガントレットから渦巻く力の奔流が、異形の外殻に爪を掛ける。ぎちぎちと蠢く触腕が朱雀の斥力フィールドに触れるたびに、欠けていく。押し切れれば、あるいは。と、朱雀がガントレットを突き出した。

けれど、その刹那、世界から歌が消える一瞬の空白があった。

「カナちゃん!?」

歌が聞こえなかったその一瞬だけ。コウスケの悲痛な叫びが聞こえた。朱雀は自身の身体を包む光がふっと弱まったことに気づきながらも、振り向かずにはいられない。

「カナリアっ!?」

拮抗して、押し引きを繰り返していた斥力と雷。しかし、その雷は何よりも速い。わずかに弱まった斥力フィールドを朱雀ごと弾き飛ばした。

その盾が逸れた瞬間、赤い雷が、雑多な〈アンノウン〉の群れとともに、殺到する。

カナリアたちを守るシールドが徐々に削られていく。あとどれくらい保つのかと、誰もが不安に思った矢先。

リヴァイアサンのいる海域の水が膨れ上がった。大地が隆起するがごとく、その身体をさらに大きく変えていく。巨軀と思えたあの身体は、その怪物の一角でしかなく、ぶよぶよとふやけた屍肉のような塊。その四方八方に咢のような虚が開いていた。

そのひとつひとつの腐肉の割れ目から、赤い閃光が見え隠れしている。

「撤退だ！　カナリアをつれて海ほたるまで後退しろ！　早く！」

朱雀がカナリアの前に出て、斥力フィールドをかざす。

――瞬間、赤色が爆ぜた。

×　×　×

血が流れ続けていた。

この場で無傷な者など一人もいない。

雷めいた熱線と爆風もさることながら、シールドが破られてから殺到してきた〈アンノウン〉たちからの執拗なまでの攻撃。まともに動けるのは朱雀くらいだろう。もっとも動けるだけ、だが。

「……これ一回退いた方がよくないすか？」

海ほたるの一区画に退避している中、外の様子を窺うコウスケが神妙な顔で言う。額から流れる血が痛々しい。

朱雀もそれは充分に理解していた。

だが、今、己が腕の中で倒れているカナリアを守り切れる保証がない。

「いっちゃ…げほっ。ごめん、失敗しちゃ、た」

「カナリア……」

体力と命気を根こそぎ使いきった後に、〈アンノウン〉たちによる砲撃。受けた傷は決して浅くない。

──だから、俺一人のほうが良かったんだ……。俺一人なら、誰も傷つかない……、カナリアが傷つくことも、ないのに。

悔恨が朱雀の顔を歪ませる。知らず歯が震え、唇はわななく。それが懐かしくて、愛おしくてカナリアはそっと朱雀の頬に触れて微笑んだ。

「いっちゃん……」

その微笑みが、その一言が、その温かさが、朱雀の思考に一瞬の空白を生む。

あの時、言われたことは、ちゃんと伝わっている。わかっている。

だから、朱雀壱弥は。

カナリアを抱き留めた腕、その震える手の中にある端末を強く握り締めた。

×　×　×

ヘッドライトが、夜闇を切り裂いていく。

千葉湾岸道路はひどく強い横風が吹いていた。車体を大きく煽られながらも速度を落とすことはなく、そのバイクはアクアラインに乗り込むとさらに加速して駆けていく。

おかげで、サイドカーに乗り込んでいる霞のボサ髪がめちゃくちゃになぶられていた。

だが、本人はあまり気にならないたちらしく、耳に嵌めたインカムの通信を聞きながら重いため息を吐いた。

「アホか、あいつ…。いやほんとアホなんじゃないの……」

ぶつくさ言いながら霞は手元の携帯端末を見やる。すると、その端末の持ち主は実に楽し気に笑う。霞の愚痴っぷりがよほど面白かったのか、バイクを駆る明日葉はさらにアクセルをふかしていく。

しかし、霞は笑える気がしない。インカムを不機嫌そうにいじっては、ため息やら舌打ちやら欠伸(あくび)やらが出てくる。

「だいたい何なのこの通信……。そんな頼み方があるかよ……。行く気しねぇなぁ……」

「ウケる」

「いやウケるでしょ。お兄ぃ、そっこー飛び出してるし」

「いや、ウケねーから」

にやにや笑いがなら明日葉は霞をちらっと見る。そんな笑顔で見られるとどうしたって居心地が悪い。確かに、いつでも出られるようにはしていた。明日葉が受け取ったメールにはだいたい予想通りのことが書いてあった。

だから、出撃を前倒ししたというだけのことで、別段、泡を食ったように飛び出したりはしていない。

と、まぁ、そこまで言えればよかったのが、しかし、霞が口にするのは違うことだった。

「うるせ、前見て運転しろ、前見て。危ないから、怖いから」

「はいはい」

そして、明日葉はスロットルを全開にぶん回して、向かい風をぶち破っていった。


他方、その向かい風を追い風に変える者たちがいる。

「ごめんね、ほたるちゃん」

モーターボートの舳先に陣取っていた舞姫が声を掛けた。

「いいよ」

戦闘と諜報、そうした作戦行動において、操船技術も海図を読むのも基本スキルだ。ほたるにとっては自身が身に着けた技術そのすべてが舞姫の役に立つことは喜びでもあった。

横浜の街並みが遠く後ろに霞んでいく。しかし、舞姫は振り返らずに前を見据えていた。

「それにしても三都市合同の反攻作戦だというのに」

「抜け駆けはよくないよね！　うん、ちゃんと協力しないと。だから急いでひっぱたいて連れ戻してこなきゃね！」

その耳に光る通信機からの声に、舞姫は不敵に笑う。その言葉は、言外に必ず救うのだと、そう宣言していた。

× × ×

海ほたるは、最前線の戦略拠点であるため、基地建物は実に堅牢に造られている。防壁も対空砲もあれば、長期の戦闘に耐えられるように備蓄も十分だ。

だが、その堅固なる要塞も規格外の放火にさらされ続ければ、揺るぐ。赤い閃光が防壁を破ると、建物内はびりびりと音を立て、壁や天井の一部が剝がれ落ちた。あまり長くは保ちそうにない。コウスケら東京校の生徒は頼りない防壁を、あるいは外敵の存在を不安げに見る。

ただ一人、それらをまったく見ない者がいた。

「聞こえてるか――……」

通信機に語りかけ続けるその声は、朱雀壱弥のものだ。

「あとで何を言われてもいい、俺のためでなくていい。……カナリアのために、今は、今だけは……」

その声音が震えていた。

朱雀の腕の中にいるカナリアは苦悶の表情で玉のような汗を浮かべている。それを見て、朱雀はぎりっと歯ぎしりする
「聞いてるか？　助けろ、カナリアを――。カナリアのために、俺の力になれ……」

やがて、その声は切れ切れになってゆく。

「カナリアを……、助けてくれ――…」

その、喉の奥から絞り出すような声音は、海嘯(かいしょう)にも似た〈アンノウン〉の鳴き声にかき消されて、朱雀自身の耳にさえ、届かないのではないかと彼には思えた。

俺はこの世界が嫌いだ。大嫌いだ。
残酷で、不条理で、唾棄すべき世界。こんな存在を、断じて愛してなるものか。
かつては俺も、世界と人類を好ましく思ったことがあった。
だが、それらはすべて、泡沫の幻想だった。
飛翔能力を持つ者のみに価値を認める東京戦闘科。
勝利のためなら仲間をも切り捨てる冷徹な価値観。
己が絶望を理由に、人類を奈落に突き落とす弱者の浅ましさ。
生きとし生けるすべての人間が、狂っている。
もとより、世界が腐りきっているのを、俺はかつて目の当たりにしたのだ。
そのときに、朱雀壱弥というひとりの人間は、決定的に壊れた。
だからこそ、そんな世界は壊してしまえ——否。
まだだ。まだ、かろうじて、壊してはならない。壊れてはならない。
俺が世界のために戦う理由は、ただひとつ。
すべてを愛してしまうカナリアが、俺のとなりにいるからだ。
この世界において、決して代替不能な聖女のごとく。

カナリアが世界を愛する限り、俺も世界を守ると決めた。

ゆえに俺は敵を倒す。ただひとりで、敵を倒す。他の者は、不確定要素を増やすにすぎない。

気にかけなければならない対象は、眼前のアンノウンだけで手一杯だ。

世界を守るも壊すも、俺ひとりで充分だ。

俺は強くならなければならなかった。

残酷で不条理で唾棄すべき世界に抗うために。

この世界の誰よりも、何よりも。俺は強くなりたかった。

強くならなければ、守ることはできない。強くならなければ、壊すこともできない。

俺のすべてはカナリアのために。カナリアのすべては世界のために。

これは、そういうくだらない話だ。


でも——俺は。本当は。

ずっとまえから、世界なんてどうでもよくて。

ただ、あいつが笑っているだけで、よかったのだ。

東京校次席・宇多良カナリアは笑顔が素敵な女の子だ。

だが、それも今や見る影もなく、彼女の顔からは苦しげな表情が張り付いて離れない。

か細い呼吸に上下する胸は、夥しい流血に染まっている。

「俺は……、無力だ……。あの時からずっと、一人では何もできない……何も、何も何も何も……！」

朱雀は俯き、固く握った拳で床を叩く。

「いっちゃ……ん」

弱々しい声が漏れ聞こえてきて、朱雀ははっと顔を上げる。

カナリアが薄目を開けて、朱雀を見ていた。苦しいはずなのに、痛いはずなのに、精一杯のほほ笑みを浮かべて……。

「だ……いじょうぶだよ……わたしが……ついて……」

「無理にしゃべるな！　お前は……いつも……どうして他人のことばかり……」

朱雀はカナリアの口を指先でふさいだ。カナリアの気遣いには頭が下がる思いだ。しかしその気遣いこそが、かえって己の無力さ、不甲斐なさをさらに募らせる。

突如ずんと空間が揺れて、壁天井が大きく抉れた。

その亀裂からは空が――〈アンノウン〉に覆いつくされた空が垣間見える。

「あの時から……何も変わっていない……一人では……何も……できない……何も……」

茫洋とした目で見るその光景は、朱雀にとって絶望に他ならず――、

「俺は……無力だ……」

朱雀の心はあえなく折れて、手負いのカナリアを守るように――否、手負いのカナリアに縋るように、か細いその身体に覆いかぶさった。


『らしくないよすざくん！』


耳に流れ込んでくる頼もしげな声。

『まるで一般人のような泣き言だな。おまえはもっと傲慢で賢く、不愉快な男だと思っていたが』

続けて流れ込んできたのは冷淡な皮肉。

『ほたるちゃんそれほめてる？』

『ほめてるほめてる』

『そっかー。そうだね！　すざくんはふゆかい！』

その姿こそは見えないが、舞姫の言葉に合わせて巨大な命気の刃が空を奔り、〈アンノウン〉の一群を裂くのが見えた。

神奈川校の二人が応援に駆けつけたようだ。

またそれと同時。

建物の壁が外から吹き飛ばされて穴が開く。

〈アンノウン〉の襲来かと東京校の生徒は身を強張らせたが、立ち昇る粉塵を割って、唸りを上げ飛び込んできたのは、サイドカー付きの大型バイク。

「とおちゃーく」

「はいはいどいてどいて」

その運転手は明日葉。サイドカーに乗っているのは霞。

敵陣を突破してここまで来たのだろう。二人の出力兵装の銃口からは、ほのかな煙が上がっていた。

「宇多良をサイドカーへ。あと誰かバイク運転できる奴。天河がでかいのひきつけてるうちに撤退だ。殿はこっちでやる」

霞はざっとその場を見渡して、状況を把握。東京校の生徒に指示を出す。

「……全部……俺のせいだ——俺の……」

「…………」

そしてカナリアの傍らでへたり込む朱雀を、胸ぐらを摑んで立ち上がらせた。

「早起きっつーか、ぶっちゃけ徹夜で眠いの。くだらない自己嫌悪は後にしてもらえる？」

「…………」

いつもなら張り合って何か言ってくるところ。しかし朱雀の目には力がなく、言葉も何も返してこない。

霞は朱雀とカナリアを東京校の生徒らに任せ、先に撤退させた。

その退路を一望できる位置に狙撃ポイントを取り、援護射撃に回る。

東京校の生徒らに迫る〈アンノウン〉は、全てスコープに入れて撃ち落とす。

「敵が多い数が多い仕事が多い……」

「お兄ぃ、自分で言いだしたクセに文句多い。ウケる」

「いやウケないから」

「いやウケるっしょ、ていうかこれからウケるし――。あれさ、全部あたしがやっちゃっていいの？」

敵は多方面から迫る。

小型〈アンノウン〉の群体がこちらに接近してくるのを見やり、明日葉は二丁拳銃を抜いた。

「いいけどあんま派手にやんなよ。でかいのがこっちに気付いちゃうから」

「りょーかい。お人好しさんはしょうがないねー」

「だろ？　お兄ちゃん良い人なんだよ」

「あは、何そのギャグウケる」

好戦的な笑みをかたどって、明日葉は〈アンノウン〉の支配する空へ身を躍らせた。

×　×　×

「——そうだ。ヒメも私も問題ない。悪かったな、後を任せてしまって」

さいたま管理局中央棟。

医務課前の公衆電話から、ほたるは神奈川校の青生に電話をかけていた。

先の〈アンノウン〉の出現の際、神奈川校からはほたると舞姫の二人のみの出撃となったので、その報告である。

『いえ、ご無事でよかったです』

青生はほっとしたように言ったが、すぐにその声は潜められた。

『あの……東京の人たちは……？』

「何人かが軽傷と命気切れで入院して休んでいる。朱雀も無事だ。だが……カナリアは……少しな……」

『カナリアさんが？』

「ああ、大分ムリをしたようだ。大事に至らなければよいのだが……」

　気遣わしげに呟くほたるの視線は、集中治療室の方へと流れる。

×　×　×

　集中治療室の前、廊下の両脇に設えられた長椅子に、霞と朱雀が向い合って座っていた。

　普段なら顔を突き合わせれば、皮肉と嫌味と罵倒の応酬があったはずだ。しかし、今はただ沈黙だけが流れている。

　霞は手持ち無沙汰に天井を眺め、かたや朱雀は項垂れる。

　扉一枚を隔てた向こう側では、重体のカナリアが眠っている。重い沈黙はその眠りを妨げないためでもあり、また、それだけが理由でもない。

「……無様だな」

「ああ、俺は無様だ……」

　ぼやく霞に、朱雀は弱々しく同意する。

「トンチキ野郎だ」

「トンチキ野郎でもある……」

「4位さん」

「そうだ……俺は4位だ……心も体も未熟で……」

何も言い返してこない朱雀に、霞は僅かに目を細め、語気を強める。

「クズ雑魚」

「強く……強くなりたかった……」

それでも朱雀は苦悩の縦皺を眉間に刻み、自責と無力さに苛まれてやまない。

さすがにここまで弱り切り、あまつさえ奮起の兆しすら見せない相手は、霞も触れづらくて仕方がない。

「……そこまで認められると気色わりーよ」

「……そうだな……」

力なく自嘲気味に笑う。すると朱雀の携帯が着信を告げる。

相手は朝凪だ。

『朱雀壱弥、用件はわかっているな。コントロールルームまで来い』

朝凪の声音は固く、厳しい。

朱雀は沈痛の面持ちで腰を上げた。

×　×　×

「えーと……呼び出したのは壱弥だけなのだけれど……」

管理局中央棟のコントロールルーム。夕浪は困ったような笑みを零した。

先の東京校首席の独断専行に関して、追及のために朱雀を呼び出した朝凪と夕浪であるが、その場に神奈川と千葉、両都市の首席と次席までもが揃っていた。

「報告書を出したのは私だよ！　見届ける義務があると思うな！」

「私にはヒメを見守る権利がある」

舞姫が胸を張り、ほたるが寄り添う。

「通りがかっただけ。悪い？」

「悪いでしょ」

いけしゃあしゃあと霞が言って、明日葉が一言で切って捨てる。

四者四様、態度に違いの差はあれど皆、上官二人と対峙する朱雀の背中を注視していた。

「壱弥、俺は昨日、部隊を編制して明朝三都市で同時に出撃、そう言ったよな」

朝凪が朱雀に問いかける。言葉の端々には、静かな怒気が滲む。

「はい……」

朱雀は苦渋の顔で呻く。

「その際、誰からも異論は出なかったよな」

「はい……」

「ミスはそのとき取り返せ――そう言ったつもりだったんだがな」

「はい……」

「俺の言葉も、意思も、命令も、全てを理解した上で、何故勝手なことをした」

「全責任は俺にある。どんな処罰でも……」

朱雀からすれば、それは反省から出る言葉であった。

しかし、朝凪はそれを遮った。

「そんなことはどうでもいい。自分一人で何とかできるとでも思っていた？」

「俺が無能だったから……できな――」

言葉は最後まで続かなかった。

パンッと皮膚を叩く音がして、次いでかっと燃えるような痛みが朱雀の頬に走る。

一瞬遅れて、朱雀は自分が朝凪に頬を張られたのだと気付く。

「力があれば許されるとでも思っていたか!?　自惚れるな！」

ぐっと胸が苦しくなった。朝凪のその叱声は、張り手なんかよりもずっと痛い。

こんなにも無力な自分が有能であると思い込むのが、そもそも自惚れだ。

そして朝凪の言うとおり、有能でさえあれば自分の全てが肯定され、他者から認められると、そんな視野狭窄的な考えでいたことこそが、最大の自惚れだ。

力がなかったせいではなく、自惚れていたがゆえに、自分はカナリアを傷つけた。

突きつけられたその事実は、朱雀にとってあまりにも痛烈。自責の念が刃となって胸を刺す。

けれど、だからこそだった。

その痛みこそが、朱雀の胸で立ち枯れかけていた矜持を呼び覚ます。

「カナリアを傷つけた敵はまだ……海ほたるを占拠している……せめて……その後始末だけは——……やらせてくれ」

唸るように、朱雀は言う。

「そうしてまた一人で先走るつもりか？　今度は誰を犠牲にする」

これだけ言ってもまだわからぬかと、朝凪は朱雀を睨むがしかし、朱雀の瞳には強い意志が灯り、炎のように揺れている。

「そうじゃない！　ここにいる奴らの助けを借りる！　本当の意味で、協力する！」

この言葉に、その場にいる誰もが目を見開いた。

挫折や絶望からではなく、朱雀が初めて自らの意志で、人に助けを求めたのだ。

「だから……頼む……俺に……皆と一緒に戦わせてくれ……」

絞り出すように朱雀は朝凪に嘆願する。

人一倍気位の高い彼を、そこまで駆り立てるものは何か。

答えは一つだけだ。すべてはカナリアのために。世界はカナリアのために。

人によってはそれを愛と呼んだかもしれない。あるいは、狂気と名付けるだろうか。もしくは欺瞞。それとも信実。真実とも呼べよう。しかしながら、自己満足の側面も否定はできない。

怒りや憎悪、もしくは殺意だってきっと正解だ。

だからやはり、すべてを包んで、愛と、そう定義づけてしまうべきだ。

だって、カナリアがそうだから。

初めて見せる、朱雀の必死な表情。朝凪は、ふっと口許を緩ませた。

「……壱弥、それは俺に言うセリフか?」

そして朝凪は、後ろを見てみろとばかりに、顎をしゃくる。

何かと朱雀は振り向いて、そこにある光景に胸を詰まらせた。

気恥ずかしげに頰を掻く霞がいる。

満更でもなさそうに口端を持ち上げる明日葉がいる。

涼し気な笑みで目礼を返すほたるがいる。

満面の笑みで頷く舞姫がいる。

言葉はなくともその立ち姿で、彼らは朱雀の想いに応えていた。

朝凪が嘆息を一つつきながらも、どこか嬉しそうに言う。

「……はぁ。まあ俺がそっち側にいたら、絶対にそういう顔はしなかったんだがな。連中に感謝しとけよ。けじめをつけてこい。説教はそのあとだ」

そして夕浪がそっと微笑み、朗報を一つもたらした。

「カナリアの状態も持ち直した、と先程連絡があったわ。もしかしたら、力を高める彼女自身の〈世界〉のおかげかもしれないわね」

この上ない知らせに、朱雀をはじめ皆の顔に、安堵と歓喜が広がる。

朝凪もまた破顔して、力強い号令で皆の背中を押した。

「行ってこい！　バカヤロウ共！」

三都市の首脳陣は、一致団結の気勢を上げた。

×　×　×

海ほたるに未曾有の被害をもたらした、超大型〈アンノウン〉。

その脅威を完全に排除すべく、三都市合同での大規模攻撃作戦が立案。すぐさま準備が進められた。

神奈川の空母には、本作戦に使用するものか、やたらと重そうな箱がいくつもいくつも……

それこそ空母が沈んでしまうのではないかというくらい積み込まれていく。

千葉も千葉で、砲塔列車には大量の弾薬箱と銃火器が運び込まれ、さらには何やら霞と工科生が車輪部分に細工を施したりしている。

そして本作戦の総司令部が置かれた東京校では、各都市各戦闘科各装備のデータをシミュレーションプログラムに流し込み、何度もシミュレーションを重ねながら作戦を組み立てていた。

普段いがみ合い、時に露骨に衝突する三都市であるが、状況が状況。そして、経緯が経緯。三都市は目覚ましい連携を見せ、作戦準備は滞りなく進んでいった。

そして、作戦決行の前夜。

カナリアが入院中の病室に、一人の来訪者があった。

神奈川校の事務方トップ・青生である。

自動扉が開いて入室すると、青生はあっと声を漏らした。

「来てくれたのか」

容体こそ安定しているものの、未だ目を覚まさないカナリア――そのベッドの傍らの椅子に、朱雀が先客として座っていた。

「はい、神奈川の準備が終わったので」

「そうか……できれば、目を覚ますまでついていてやってくれ」

青生が来るやいなや、朱雀はさっさと立ち上がり病室をあとにする。

すると、そのすれ違いざま、

「カナリアを頼む。――青生」

朱雀は優しく囁いた。

「え？」

青生は驚いて振り返る。

朱雀が人に命じるでなく、頼みごとをするところなど、今までに見たことがあったろうか。

そして、朱雀から名を呼ばれたことなど、今までにあったろうか。

× × ×

東京湾沿岸。〈アンノウン〉侵攻の爪痕を深く残す廃墟群に、東京校の生徒たちが集う。全員が杖の出力兵装を手にし、引き締まった表情は勇ましい。

その先頭に立つ朱雀が、薄明の海を背負って皆に――三都市全ての生徒に語りかける。

「今度の敵は強い。俺の油断と傲慢のせいでカナリアやコウスケたち……大切な仲間が命を失うところだった」

それは、誰もが知る朱雀壱弥とは違っていた。

「後日、しかるべき責任を取る。だが……今一度、あと一度だけ俺に力を貸してほしい」

発言内容や声音に限った話ではない。毅然とした佇まいはそのままに、纏う雰囲気には角がない。だから、以前から朱雀と付き合いのあった者ほど、驚くだろう。

『――誰だ、これは』『あははは！　ウケる』『すざくんちょっと変わった？』『カナリアの通訳がないと、よくわからんな』『あーね。興味ないからわかんない』『明日葉ちゃんたまにひどいこと言うよね……』

通信でその口上を聞いていた各都市の首脳たちは、好き放題言っている。

そんな反応も朱雀の耳には届いてるだろうが、朱雀は己の変わりようを恥じることはない。

「神奈川、天河、準備はいいか？」

『おっけー――』

「千葉」

『あいよ』

各都市に確認を取ると、朱雀は一際腹に力を込め吼える。

「目標は防衛拠点海ほたるを占拠している超大型〈アンノウン〉！　東京の……いや！　三都市の意地を見せてやる！」

言下に、彼らに光が差した。

世界が、栄光を思わせる金色に包まれる。

今この時――水平線に朝日が昇った今この時が、予定されていた作戦開始時刻。

「総員出撃！」

朱雀の号令をもってして、鬨の声が雄々しく湧き上がる。

各都市、各班、状況開始。

×　×　×

超大型〈アンノウン〉・リヴァイアサンは、三都市が防衛拠点としている海ほたるを完全に占拠している。

そのため通常の迎撃作戦——即ち千葉が遠距離で足を止め、神奈川が白兵戦で切りくずし、東京が上空から叩くといったプロセスは、今回に関しては役に立たない。

まずもって相手方の火力が高すぎて迂闊に近づけない。さらには敵の防御が厚すぎる。

舞姫ならばあるいは……、という考えもないではないが、朱雀の最大火力でもあの程度のダメージだ。攻め手の一つとしては計算に入れていいが、それ頼みではおそらく仕留めきれない。

であればこそ、計算式を組み直す。その一撃が確定できているなら、他の要素を加えて何倍にも、あるいは何乗にもしていけばいい。

おそらく以前の朱雀であったなら、舞姫の一撃をファイナルブローに選ぶなどということは考えなかっただろう。しかし、今は違う。

朱雀壱弥は、今度こそ、ヒーローになるのだから。

×　×　×

静かな朝を迎えていた。

病室では二人の少女が眠りについている。

一人はベッドに横たわる、入院中のカナリア。もう一人はそのお目付け役を任された神奈川校・事務方トップの青生。彼女もまた、椅子に腰掛けてこくりこくりと舟を漕いでいるが、無理もない。昨夜からこの病室に詰めているのだ。疲れも出よう。

朝日が差し込む病室に、二人分の安らかな寝息が流れる。

「――……ん」

そこに衣擦(きぬず)れと吐息が混じった。

カナリアが身動(みじろ)ぎをして、はっと青生は目を覚ます。

するとゆっくりと、ぼんやりと、カナリアの目蓋(まぶた)も開かれるのだった。

「ここ……は……?」

「カナリアさん、目が覚めたんですね！　よかった……」

青生は心底ホッとしたように胸を撫(な)で下ろして、身体を起こすカナリアに言う。

「あ、まだ急に起きたらダメですよ。カナリアさん戦闘中に倒れちゃったんですから……身体を大事にしないと……」

「戦闘中に……？」

まだ記憶が、意識が、はっきりしないのか、鸚鵡返ししてぼうっとするカナリア。

しかしすぐにはっとして身を乗り出した。

「！　いっちゃん！　いっちゃんたちは!?」

「朱雀さんたちも全員無事です。数名、近くの部屋に入院されていますが、軽傷ですし」

青生が答えると、カナリアは安心したように息をつく。

カナリアが最後に見たのは、未知の〈アンノウン〉の猛攻、負傷した東京校の生徒たち、そして、今にも泣きだしそうな朱雀の顔。

ただならぬ事態が――命を脅かすような危機に見舞われていたことは、記憶の断片から察しがつく。

けれどみんな無事だというなら重畳。カナリアは笑顔で訊ねる。

「いっちゃんは今どこに？」

一秒でも早く会いたかった。なんなら声だけでもいい。聞きたかった。

「えっと……朱雀さんたちは今は……」

言葉を濁し、気まずそうに目を泳がせる青生を見て、カナリアは直感した。

「戦いに行ってるの!?」

青生の制止も聞かず、カナリアはベッドから跳ね起きた。

×　×　×

東京湾上空。

編隊を組んだ東京校の飛行部隊が、戦闘予定空域へと近づく。

『先頭の部隊がそろそろ敵の索敵圏に入ります』

通信を受けた朱雀は、三都市共通回線を通し広く生徒たちに告げた。

「よし、作戦通り東京は第一陣として海ほたる周辺に展開している小型〈アンノウン〉を叩く。俺たちはあくまで陽動だ。本命のデカブツをひきはがすのは神奈川と千葉に任せる。できるだけ多くの小型〈アンノウン〉をひきつけるんだ。デカブツが撃ってくるようなら回避を最優先、シールドで防ぐ場合は六人小隊単位で重ねがけするように」

『お兄ィ、キモい。東京の人キモい。まともなこと言ってる。引く』

『それな。ほんとそれ』

通信に紛れ込んでくる白けた声。相も変わらず憎たらしい兄妹だった。

しかし、今の朱雀には言い返すリソースすら惜しい。千葉校の動きを脳内に思い描く。今頃アクアラインの線路上を、海ほたるに向けて走行中だろう。

同時に神奈川校の布陣も、頭のなかに叩き込んだ配置図で確かめる。

今頃彼女らはきっと、〈アンノウン〉共が思いもよらないルートから、その喉元にまで接近しているはずだ。

事実、朱雀の想定は正しく、神奈川校の生徒らはほたるの指揮下、総員船内に引っ込み、戦闘海域へ空母を操舵する。

なぜか全ての窓が閉じられた、操舵室の視界すらゼロの空母を――。

×　×　×

「いけません！　何言ってるんですか！　やっと起きられたばかりですよ、カナリアさん！」

青生になんと咎められようと、カナリアは服を着替える手を止めることはなかった。

「いっちゃんが戦ってるのに私だけ休んでいるわけにはいかないもん。もう大丈夫だから」

ブラウスのボタンを留め、ブレザーを羽織り、帽子を被る。

カナリアは病院服から戦闘服に――つまりは東京校の制服に着替えると、青生に申し訳なさそうに笑いかけた。

「だめだめ、だめです！　事務方の名誉にかけて、行かせられません！　大体どうやって海ほたるまで行くんですか!?　カナリアさん、空、飛べないじゃないですか」

「…………」

痛いところを突かれて、カナリアはうっと呻く。

気持ちはあれども、移動手段がない。

困り顔のカナリアに、青生はほっとして表情を緩める。

「ここで帰りを待ちましょう？　今から向かっても湾岸警備隊の人に止められちゃいますよ」

しかし、

「――なら、神奈川の方まで列車で行って、そこから湾に出ちゃえばよくね？」

「!?」

二人の会話に割って入る声がある。

振り返ると、病室にどやどやと東京校の生徒たちが――嘴広(はしびろ)コウスケたちが入ってきた。

「コウスケくん……！　みんな！」

顔や手に細かい傷はあるものの、元気そうな姿の同輩たちに、カナリアはぱあっと笑顔を咲かせる。つられてコウスケも笑うと、その笑顔をそのまま青生に向けて、肩をぽんと叩いた。

「神奈川のえらい人がいるから、そっちまでは問題なく行けるっしょ」

そしてコウスケに続いて、他の東京校生たちが「よろしくお願いします！」とばかりに深々と頭を下げた。

「……え!?　ええええー!?」

青生の悲痛な叫びが響き渡った。

×　×　×

『〈アンノウン〉動き出しました！　一部が内湾に前進、多くは目標の周囲を守っているようです』


通信が入り、朱雀は自らの目でもそれを確認した。

朱雀率いる東京校飛行部隊はすでに、敵の索敵圏内に突入している。少しの間、敵は動きを見せずにこちらの接近を許してくれていたが、それにも限度があったらしい。

リヴァイアサンを守ろうとするかのように、小型〈アンノウン〉の大群と、トリトン級の数隻が邀撃（ようげき）に出てくる。

しかし、それは想定内。

「よし――作戦通り攻撃開始だ！」

朱雀の号令で、東京校飛行部隊と、小型〈アンノウン〉の群体が衝突。

戦端は空から開かれた。

東京校の生徒が撃つ光線が、無数の〈アンノウン〉の花火を咲かせた。

元より東京校の生徒たちと、小型〈アンノウン〉とオーガ級では、戦力に大きな差がある。

それを援護するように、リヴァイアサン本体が動く。

塔のように突き出た角部に集束するエネルギー。

それが一度放たれれば、軌道上の全てを灰燼（かいじん）に帰せしめる破滅の槍（やり）となって、東京校の生徒たちに迫った。

しかし、それすらも想定内。

「回避！　Ａ班はそのまま西に離脱！」

「了解！」

リヴァイアサンの攻撃を避けた編隊は、そのまま一旦退（さ）がってゆく。しかしその退がりゆく編隊の陰から、また新たな編隊が突出し、着実に眼前の小型〈アンノウン〉とオーガ級を減らしてゆく。

×　×　×

『お兄ぃ、作戦通り、ちっさいのは東京の方と戦ってるぽい』

「はいよー」

アクアラインの線路上は今、東京校が激しい空中戦を繰り広げているために、すっかり〈アンノウン〉が手薄になっていた。

その隙（すき）を突いて、戦闘域へ向け走行するのは、千葉校の砲塔列車である。

指揮車両内で明日葉の通信を受けた霞は、ホログラムモニターの各データをチェックしながら、車内放送を入れる。

「はい、千葉の皆さんお待たせですー。出番ですよ。段取りだいじょぶ？　ちょっと危ない相手なので、こちらの指示に従い、タイミングに注意してムリしないようによろしくどうぞ」

緊張感に欠ける放送を合図に、各々（おのおの）気を引き締め戦闘準備に入る千葉校生。

霞も霞で、口調とは裏腹に冷徹な眼差しでホログラムモニターに見入る。

特に今霞が注視しているのは、リヴァイアサンの想定索敵範囲のマッピング。

砲塔列車を示すマークが、想定索敵範囲圏に突入しようとしていた。

「……じゃ、やりますか」

霞は砲塔列車を急加速させる。それに反応したリヴァイアサンが、迎撃の熱線を放った。

禍々（まがまが）しい真紅（しんく）の輝きが砲塔列車に迫る――にもかかわらず、砲塔列車は急ブレーキを掛けて停車した。まるで、その輝きを甘んじて受け入れるかのように。

事実、リヴァイアサンの放った熱線は正確に砲塔列車を捉（とら）えていた。

しかし、アクアライン上の防壁が盾（たて）となり、砲塔列車への着弾を阻（はば）む。

「あら、残念。そこからだと、このポイントには当てられないんだよなぁ。ブラインドスポットって概念（がいねん）ご存知ない？」

一人で作業しているからか、はたまた狙い通りに事が運んだから、つい口数が多くなる霞。

『お兄ぃ、独り言うるさい話長いキモい。ていうかこっちも射程足りないんですけど』

明日葉の辛辣な文句が耳に痛い。だが、妹の頼みなら大抵聞くのが霞の信条だ。

「工科さーん?」

霞が通信を入れると同時、列車から飛び出したのは工科の生徒である。彼らは素早く先頭車両へ走ると、杭打ちやら何やら細工を施し、車輪と線路を固定した。

『準備できました。いつでもいけます』

「んじゃいってみよーか。明日葉ちゃんも準備して」

『はえ?』

準備と言っても何も知らされていない明日葉は、間の抜けた声を漏らす。

「ぽちっとな」

霞はお構いなしで、何やら右手に持ったボタンを押す。

直後、先頭車両を除く全車両の外側底部で一斉に爆発が起きた。

突然のことに、千葉校生たちは悲鳴を上げる。車両が尋常ではない揺れと衝撃に見舞われて、何事かと混乱する。

しかし列車の内部の人間に、何が起きているのか把握することは無理であろう。

常人の想像の遥か斜めをいく事態が起きていた。

今の爆発により砲塔列車は、先頭車両を基点に、円を描くように脱線した。横滑りして、壁高欄を薙ぎ払い、アクアラインに対してほぼ直角になるよう、海上に大きくせり出す。

いわば、即席の桟橋だった。その状態で、いきなり開かれる車両の窓と扉。

「はい、撃って」

霞はしれっと車内放送を流し、そこでようやく事情を察した千葉校生たちは、なかばヤケクソの奮起を見せる。

彼らは口々に何か言っていたが、要約すると一言だけだ。

いわく「殺す」。敵へか、あるいは霞に向けたものか、その殺意を込めたバズーカ砲、列車砲が火を噴き続ける。

千葉校の総力を懸けた集中砲火はその全てがリヴァイアサンの巨体に着弾し、尋常ではない大爆発を巻き起こした。

膨れ上がる爆炎に巻かれ、悶えるように、大きく傾ぐリヴァイアサン……その角部に、再びエネルギーが集束する。

『お兄ぃ！　また来る！』

ぎょっとして明日葉が声を張った。

列車は、アクアラインより大きくせり出してしまっているのだ。もはやシールドの恩恵には与れない。直撃すれば全滅は必至——そう即座に思い至った千葉校生たちは、この危機的状況に泡を食って狼狽える。

しかしリヴァイアサンは待ってなどくれず、報復のエネルギー波を、無慈悲にも放った。

が、

「――ぽちっとな」

一人、冷静でいる霞が、今度は左手のボタンを押した。

すると再び車両の外側底部で爆発が起こり、その爆風で列車は元の線路の位置へ。先程まで列車がせり出していた空間を、エネルギー波が通り過ぎていった。荒業にもほどがある回避方法に、もはや千葉校生たちは閉口する他ない。

かたや霞は、息つく間もなく車両放送を入れる。

「はいもういっちょいくよー」

その放送に応える千葉陣営の叫び声は決まっている。

「お兄ぃ、絶対殺す」

まるで合図のように、明日葉が言った。

風を裂き、火花が散り、炎は躍る。鉄塊が腐肉を断てば、火薬は爆ぜて、ただ硝煙と焦げ臭い空気が潮風に舞った。

まるで苦悶にも似たリヴァイアサンの咆哮が響き渡る――。

至近距離で、防衛都市・千葉の全火力を集中させた一斉掃射。初めて有効打と呼べる攻撃だったろう。

しかし、この策に穴があるとすれば、そもそも千葉は陸戦部隊であり、海上を自由に行き来する敵に対して、限界射程という覆し難いハンデがある。

リヴァイアサンはその巨軀を揺らすと、波濤を蹴立てて沖合へと向かう。

「まぁ、そうなるわな。離れなきゃ詰むだけだし」

砲塔列車のコントロールルームで、霞は戦術データリンクを見ながら、ふっと笑う。

「……けど、そっちに行っても詰みだ」

その言葉には、絶対の信頼が込められていた。理由は単純だ。

——怨敵の行く先には、剣の王国が待ち構えているのだから。

「今だ！　天河！」

はるか上空でリヴァイアサンの進行ルートを注意深く観察していた朱雀が合図を出した。この海域には姿が見えない天河舞姫に……。

瞬間、東京湾の直下から、大量の泡が湧き出した。

「がぱわがむぜむ——がぱ　ゔべしーん！」

その声は水中からだというのに、朱雀や霞の耳にも届いたように思える。何を言っているかはまるでわからないが、おそらくは「神奈川前し、いや、上しーん！」なのだろうと霞なんかは勝手に補完して考える。

水中からの声など聞こえようはずもないのだが、その声の主が天河舞姫というだけで、どんな不可能なことでも可能になる気がしてしまう。

それは、舞姫に従う者たちもおそらくは同様だろう。

――船なきところに船を出現せしめよ。

舞姫のたった一言の命令を防衛都市・神奈川の総力を挙げて実現させるのだ。

果たして、リヴァイアサンの逃げた先。

そのすぐ足元の海面に、神奈川の誇る空母が海底から急速浮上してきた。

およそこの南関東におけるバラストというバラストを集めて、とにかく船を沈め、シールドと言わずバリアと言わずありとあらゆる方法で気密性を確保した。舞姫が、空母を潜水艦代わりに使うと言えば、それを実現させるべく動くのが神奈川という都市である。

――それもすべては、我が剣の姫のためなれば。

空母は勢いよく浮上しきると、ド派手に波を蹴立てて、リヴァイアサンの巨軀すらも揺らしてみせる。そのまま空母が接舷し、甲板上に舞姫率いる神奈川生たちが現れた。

舞姫が大剣を振るえば、各々が手に手に得物を持って一気呵成に吶喊していく。刀槍の煌めきが躍り、我らが姫のための道を拓くのだ。

剣戟の花道を駆け、槍衾を跳び越えて、舞姫が裂帛の気合でもって一撃を見舞わんとする。

「はあああああああああああっ！」

大剣から迸る命気が刃と変わる。千葉の全火力をもって穿った風穴を起点にして、横薙ぎに振るわれた。

重金属の装甲が吹き飛び、あるいは消し飛ばされる。剣閃というよりは、もはや純粋に破壊と呼ぶべきだろう。幾重にも噛み合っていたあの装甲が穿ち貫かれている。

刹那、リヴァイアサンがぐらと傾いだ。倒れる、のではない。ただ、進行方向を変えるべく、その角を回頭したに過ぎなかった。

「あ！　こら！　逃げる気だ！　困った！」

舞姫がすぐさま追おうにも、無茶をやらかした空母はそう簡単に動かせない。

すぐさま追える勢力は、東京校だけだ。しかし、東京校首席である朱雀壱弥の最大火力をもってしても、リヴァイアサンを滅するには足りない。

「くッ！　天河のあの直撃でも足りないのか！」

歯噛みしながらも、朱雀は単身リヴァイアサンを追う。その間も朱雀の頭の中では目まぐるしく考えがよぎる。東京の編隊をすべて集めて、いや、ダメだ。火力不足だ。思い描く絵図面を完成させるにはピースが足りていない。……朱雀壱弥にとって、もっとも大事で、一番必要なマスターピースが。

その存在に思い至って、朱雀は歯噛みして天を仰ぐ。ガントレットを握り締めた。

ようやく気付いた。守ると、そう決めて。強くなると、そう誓って。

なのに、そのための力はおろか、理由や意志さえも、自身は与えられてきたのだ。この身は一体、誰に、何を、どれほど、与えることができただろうか。

否、与えられてきたことしかなかった。

今更だ。本当に今更だ。

——今更、始めてみようなどと、思うとは。

間に合うかどうかはわからない。もはや手遅れなのかもしれなかった。

しかし、朱雀は斥力球を翼のように身体に這わせると、宙を蹴立てて直滑降していく。目指す先はもう決めた。

その身体に、光輪が宿る。内々に満ち、湧き上がる力に朱雀ははっと気づいた。

歌が聞こえる。

どこから、なぜ。

そのとき、リヴァイアサンの進行方向の沖合、さらにその最奥。果てない海の遥か先から、編隊を組んで飛行する存在を見つけた。

小編隊の一部を残して、見知った男が飛んでくる。

「うぃーっす朱雀さん！　足止め、任してくださいよ！」

遠間からそう叫ぶと、リヴァイアサンの進行方向へ滑空し、攻撃を開始した。

そして、残ったゴンドラの上には、青生とカナリアの姿がある。

　カナリアが出力兵装を構える。

「青ちゃんお願い！」

「あああ、もうすみませんすみません！　命令違反に独断専行。あげくに……。こ、こんなの夕浪さんに報告できません……」

　懺悔（ざんげ）にも似た言葉を延々と呟きながら、青生もまた出力兵装を手にする。そして、〈世界〉が再現された。

　青生の〈世界〉は端的に言えば意識の共有だ。触れた相手から主観イメージを入力されればインプットされ、それを広範囲多人数に対してアウトプットできる。

で、あるならば、青生に抱きすくめられているような状態のカナリアの主観イメージを広範囲に拡散することができるということに他ならない。

　カナリアが再現する〈世界〉。歌に満ち、歌が響く彼女の世界だ。それが、青生の〈世界〉によって、効果範囲を広げていく。

　この世界にあって、この世界にありうべからざる〈世界〉が顕現する。

　彼女の夢見た〈世界〉が、彼女の見えている〈世界〉が、彼女だけの〈世界〉が、現実を侵食し、事実を改ざんし、事象を改変せしめる。

〈世界〉とはそういう類（たぐい）のものだ。

　一般常識を無視し、既成（きせい）概念を壊し、物理法則を犯す。

戦域全体に歌が響いていた。その歌はただ優しくて、ただ力づけられるだけだったけれども。それこそは、かつて拒絶感と絶望を味わった男の子に。かつて世界の醜悪さに憎悪し、壊すことを誓った少年に。

強くなりたい、と、そう希望を与えた歌だ。

だから、戦場の誰しもが、それを願った。強くありたいのだと、誰かを守れるようになりたいのだと。萎えた意志に、折れた心に、失った希望に、砕けた夢に、壊れた愛にほんのひと時癒しを与える。一歩だけ。もう一歩だけ前へ。その想いが戦場に希望を与える。

剣を振るう腕に、引鉄を引く指に、空を飛ぶ翼に力を与える。

息を吹き返したような猛攻に、リヴァイアサンの動きが止まった。煩わしかった小型〈アンノウン〉の群れも駆逐されていく。

これならば間に合う。確信を込めて、朱雀は再び宙を疾駆した。目指す先は神奈川の空母である。

その甲板では舞姫が白兵部隊を指揮し、まさに突撃せんとしているところだった。

「天河！」

「ん？」

名前を呼ばれて舞姫がきょろきょろと左右を探す。だが、声の主が見当たらないのが不思議なのか、はてと首を捻っている。

しかし、わざわざ上だと説明するのもまどろっこしい。朱雀はそのまま急降下すると、とんびのごとく舞姫をかっさらっていく。

「わぁっ！　わわわっ、わぁ……！」

蒼天に舞姫の悲鳴とも奇声とも歓声ともつかない声が響く。それを空母のデッキ内から目撃したほたるは「なッ！　貴様、私のヒメに何を！」などと絶叫していた。

しばしの間、いきなり空へ攫われたことと自分が飛んでいる事実に驚愕と歓喜、感動を覚えていた舞姫だったが、はっと我に返り、自分を抱えている存在に意識が向く。

「すざくん？」

何故、朱雀が自分を抱えて飛んでいるのだろうかとその理由を問うように呼ばわると、朱雀は手短に告げる。

「協力してくれ」

「おお!?」

「俺の力をお前に託す」

何の説明にもなっていない朱雀の言葉。しかし、舞姫にはそれで充分だった。彼女が求めるのは理解でも利害でもなく、ただ一つ。

願いだけ。

それさえ伝えてくれるなら天河舞姫は決まって、にこっと、あどけなく無垢な笑みを浮かべてこう答える。

「――わかった！　で、どーすればいいの？」

「俺がお前を連れていく！　奴に届くところまで行ったら――。お得意のやつを頼む！」

しばしの間があり、舞姫はそのくりっとした大きな瞳をパチクリさせていたが、合点がいくと、にやりと笑う。

「――…了解！　わかりやすくていいね！」

事実、舞姫の言うように実にわかりやすかった。

天河舞姫の力だけでは足りないなら、そこに足し、掛ければいい。朱雀壱弥の持つ力を。

朱雀の飛ぶ速度はぐんぐんと上がっていく。斥力球の渦を蹴っては、踏んで、爆ぜさせる。

そのまま速度と高度を上げ続け、やがてリヴァイアサンの直上へと至った。

そして、舞姫が確認するように微笑みをもって朱雀を見上げれば、朱雀は迷いも衒いも惑いもなくすぐさま頷きを返す。

舞姫は大剣を両手で握った。総身に刀身に命気が充溢し、巡り始める。それに呼応するように刀身には罅が走った。光が溢れ出すほどに破砕音が大きくなり、分解されたかに見えた。しかし、そう見えたのは一瞬のこと。舞姫の濃密な命気が荒れ狂う濁流のように氾濫し、分かたれた刀身を繋ぎ止め、さらに巨大な命気の刃を生み出していた。

舞姫が手にした一条の光を振りかざせば、朱雀はその刀身に闇色の力場を纏わせる。

「――てやぁぁぁぁぁぁぁぁぁぁぁッ！」

裂帛の気合とともに漆黒(しっこく)の光を振り下ろすは舞姫。

一閃。

リヴァイアサンの頂点に触れた瞬間、その直下、海底にさえ刃は至る。過重力のブレードは過(あやま)たず、怨敵(おんてき)を断ち斬った。

×　×　×

一撃のもとに両断され、亀裂が走ったリヴァイアサンが散り散りになって風に舞っている。それは桜吹雪にも似て、見る者たちはただ茫然としていた。

「終わった……？」

カナリアが大きく眼を見開いて呟く。それに否を唱える者はいない。すると、カナリアは勝利の実感とともに体力の限界が訪れる。

「ふにゃ～」

「カ、カナリアさん⁉」

謎の息を吐いたかと思えば、カナリアは青生にもたれかかって気絶してしまう。不安定なゴンドラの上ではそんなやりとりさえもぶらぶらふらふら危なっかしい。と、そこへ、舞姫をぶら下げた朱雀が飛んできた。

「俺が運ぶ」

言うが早いか、舞姫とカナリアをゴンドラの上でトレードする。

カナリアを背負った朱雀は東京を目指して空を飛び、雲を突きぬけ、スーパーシティーへ舞い戻る。

その眼下、海ほたる前では走行列車にたむろしている千葉組が見えた。

霞は指揮車の中で足を投げ出し、ぐでっと眠り。それを見つけた明日葉はやれやれとばかりに、ため息を吐いて見守っていたが、周囲の反応をきょときょとと窺った後、ん～っと伸びをすると欠伸を一つ。そして、いそいそと指揮車の中へ入ってもぞもぞごそごそお昼寝の態勢に入っていた。

そして、朱雀は戦場を凱旋するように飛び回る東京校の輸送ゴンドラとすれ違う。そのゴンドラでは舞姫が勝鬨を上げていた。

「諸君！　神奈川首席天河舞姫だ！　巨大〈アンノウン〉は消滅した！　我々東京、千葉、神奈川、三都市連合の勝利だ！」

舞姫が煽れば神奈川は狂喜乱舞し、東京の生徒たちも盛り上がってハイタッチしている。

眼下に広がる光景を視界に収めながら、これが勝利なのだ、と朱雀は強く実感する。そう感じる一番大きな理由は背中に感じる確かな重みと温もりかもしれなかった。

と、カナリアが目を覚ます。状況がつかめないのか、朱雀の背中で混乱しているようだった。

「あれ……みんなは？　……あれ？」

「人のことはどうでもいい。お前は病院直行だ」

「はう……。青ちゃんや皆にもあとで謝らないと……」

朱雀にぴしゃりと言われてカナリアは少々へこんだようだった。その申し訳なさからか、朱雀の背中に顔をうずめてしまう。そういう態度はひどく弱弱しい。だったら、きっと今なら少しは素直に聞いてくれるのではないかと、朱雀はそんなことを思う。

「まったく……、お前はいつも……。――もうあの頃の俺じゃない。俺は強くなった」

だからもう俺を助けるために頑張らなくていいのだと。俺が守る番なのだと。そう伝えたつもりだった。

カナリアはそれに少し驚いて顔を上げた。そして、えへへーと照れたように笑うと、朱雀の背中に顔をこすりつける。

「そうだね。強くなったねー……。誓いの言葉通り、わたしを守ってくれるぐらいに」

「誓いの……？」

朱雀は一瞬怪訝（けげん）な顔をする。が、すぐに思い至った。

「まさか、ノートを見たのか!?」

「てへへ～」

カナリアは悪びれることもなく、朱雀の背で首をすぼめて照れ笑いをする。朱雀はため息を吐くほかない。

「はあ……。あの日から一人で戦えるようにならなきゃ、一人で勝てるように……。そう思っていたが……、違っていたのかもしれないな……」

「いっちゃん……」

そのぼやくような呟きを聞いてカナリアはぱぁっと顔を輝かせる。

一人で戦えるように、一人で勝てるように。それは違っていたのか、正しかったのか。

その答えを朱雀はもう知っている。

だから、言うのだ。

「ありがとうなカナリア。あの時も、このまえも、——今も」

「うん！」

カナリアが朱雀の首元にことさら強く抱きつくと、朱雀は少し速度を上げた。すると風がカナリアの髪をなびかせる。

蒼く、青い空。風の中を二人は飛んでいく。

嘘みたいに真っ青な空。

ただ、ほんの一つだけ。

カナリアの首筋にあるコードだけが真っ赤だった。

×　×　×

アクアラインでのリヴァイアサン級攻略作戦から数日が経過していた。

管理局コントロールルームでは戦後処理に追われた朝凪、夕浪両管理官がようやく一息入れていた。

「やれやれ……、今回の報告書はやけに時間がかかったな」

「仕方ないわよ。参加した生徒の人数も戦果もすごいんだから……。青生もわざわざ持ってきてくれて御苦労様」

「おお、青生。助かったよ」

「あはは……。事務方ですから……」

夕浪と朝凪に優しく言われれば言われるほど、青生の胸はちくちく痛む。

カナリアや東京校の生徒に押し切られてしまったためとはいえ、報告書でいくつか誤魔化してしまったところがある。

そんな罪悪感からか、ついつい青生は後ろ髪をくいっと引いたり指で弄(もてあそ)んでしまう。

今度こそ事務方の名誉にかけて、不正も誤魔化しもないようにしよう。そんなことを固く心に誓って、髪をいじるのをやめた。はらりと青みがかった髪が流れる。

その一瞬、青生の首筋に赤い光がちらと覗く。

それを見た朝凪がぎょっと目を剝いた。がたっと激しく椅子を鳴らして立ち上がると、今まで見たことがないほどに強張った表情の朝凪が青生の肩を摑む。

「青生……、お前、――…侵入不可領域に入ったのか!!」

「え…?」

青生は首を傾げる。

×　×　×

すっきりと晴れ渡ったお散歩日和だった。

アクアラインから海を眺めて、カナリアが大きく伸びをする。そのあとを朱雀が一緒に歩いてくる。

「うーん、久しぶりの外の空気は気持ちいいなあ!」

「フン、退院までずいぶんかかってしまったな」

朱雀のからかうような言い方に、カナリアはくるっと振り返っておどけてみせた。

「えへへ――…。目をつけられちゃったみたいで……」

「大國医務官が大分お怒りだったみたいだが」

「はぅー……」

困って頭を抱えるカナリアに、朱雀は意識して柔らかい笑みを作る。

「前途多難だな、東京首席さん」

「えッ」

呼ばれたことのない呼ばれ方をした東京次席のカナリアは、顔を上げてきょとんと立ち止まった。朱雀も歩みを止め、カナリアに真摯な姿勢で対峙する。

「先の戦いの責任をとって、俺は降格させてもらおうと思う。次の首席はお前だ」

「え、ええッ！」

らしからぬ殊勝な決意表明に、カナリアは悲鳴に近い声をあげた。

しかしそこには驚きや戸惑いにも増して朱雀自身の心情を案ずる優しさが見て取れて、彼は思わず呆れてしまう。

「ま、無論すぐにスコアを戻して名実ともにナンバーワンになってみせるがな。追いおとされる日を楽しみにしてろ」

これは朱雀なりの決意だ。今度こそ、本当に、ちゃんとしたナンバーワンになる。おそらく、朱雀はナンバーワンの意味を今まで取り違えていたのだ。たった一人きりでナンバーワンだなんて、なんて馬鹿げていたのだろう。

けれど、もう間違えたりはしない。きちんと教えてもらったから。

朱雀は自らの口でそんなことは決して言わないけれど、しかし、朱雀の毒舌から真意を拾いあげるのは自他共に認めるカナリアの特技だ。

だから、言外に感じられる彼の強さと優しさを受け取って、カナリアは満面の笑みを咲かせた。

「うん！」

その笑顔がやっぱりカナリアだ。そんな当たり前のことを朱雀は思う。

「本当に嬉しそうにするな、バカナリア」

「困ったときは笑顔だよ、いっちゃん！」

二つのピースサインをいぇーいとばかりに押し出してくるカナリア。

まるで会話になっていないのに、とても気持ちの通い合った対話だった。

本当に、何度この笑顔に救われてしまったことか。

「……ったく。我ながら難儀な相棒を持ったものだ」

「ほえ？」

カナリアが首を捻る。

間が持たなくなった朱雀は遊歩道を挟む波のまにまに視線を投じた。湾岸の日差しが降り注いできらきら輝くその様は光のカーペットみたいだった。

その奥深くには、ほの赤く明滅するおぞましい眼が在ることを知るものは少ない。

「今更言うのもなんだが……」

意を決して朱雀が切りだした。

うん？　と覗きこんでくるカナリアの香りが近い。

鼓動が跳ねた。

×　×　×

「カナリアもか！」

朝凪がコンソロールパネルを叩いた。

突然顔色を変えて声を荒らげだした管理官たちに、青生はわけもわからず慄くことしか出来なかった。

ホログラムモニターには、カナリアやコウスケたち数名分の生徒ファイルが呼び出されている。何が起きているのかまったく理解できない青生にも、彼らを結ぶ共通点だけは瞬時に気付くことができた。

彼女と共に東京湾の外洋へ出た者。人類絶対の禁忌を破り『侵入不可領域』を越えてしまった者。

「もう退院している――…クソッ！」

急ぎカナリアの入院先へ連絡していたはずの朝凪が怒声を発した。

「緊急回線で呼び出してみる！」

夕浪がなりふり構わず、乱暴に部屋を飛び出していった。

これほどまで取り乱した大人を、青生は〈アンノウン〉の襲来警報時にさえ見たことがなかった。胃の縮むような緊迫感が伝染して、彼女は我知らずかたかたと歯を震わせ始めた。

「間に……合うか……」

朝凪は血が滲むほど拳を握りしめる。さながら、届かぬ祈りのように。

×　×　×

今更だろうか。朱雀は思う。

いつもいつも、朱雀は今更だったことがたくさんある。

あの赤い災厄の日も。

あの淡い再会の日も。

言わなければならないことがたくさんあって。

言いたいことがたくさんあったはずだった。

なのに、朱雀壱弥はいつもどこかで歪んだり、壊れたり、そんなことばかりで、結局今まで一度たりともちゃんと伝えたことなどなかったのだ。

朱雀はカナリアの真正面に立つと、まっすぐに視線をそそぐ。

カナリアは首を捻って不思議そうな顔をしていたが、朱雀はそれに微笑みで返す。

そして、精いっぱいの言葉を紡いだ。

「俺は……お前のことを……誰よりも大切に思っている」

言ってみると、考えていたよりちゃんと口にできて、思っていたよりずっと照れくさい。

なにより、目の前にいるカナリアを見るのが、なんだか恥ずかしくて、無性に嬉しい。

最初は疑問に首を傾げ、驚くように目を瞠(みは)り、戸惑うように息を呑み、恥じらうようにはにかんで、そして、泣き出しそうなくらいに笑うのだ。

「すごく嬉しい……」

俯いて、そう呟くと、噛みしめるようにきゅっと制服の胸元を握り込む。

そして、カナリアは顔を上げる。その拍子に涙が一雫(ひとしずく)、頰を伝う。

「いっちゃん……わたしも……いっちゃんが――す」

その言葉の続きを。朱雀は聞くことができなかった。

首筋のコードが赤い閃光を放った瞬間。

赤黒い棺（ひつぎ）が隕鉄めいて落ちてきて、橋もコンクリートも、その場にいた人も、言葉の続きも。

すべて残らず押し潰した。

橋ごとぶち抜き、叩き潰した。

後に残されたのは飛び散ったコンクリートの欠片（かけら）と、大きな水柱と、カナリアがいた場所に穿（うが）たれた穴。

朱雀壱弥はただ茫然とそこに立ち尽くしていた。

よほどの質量のものが落ちてきたのか、海から立ち上った水柱がスコールのように朱雀の身体を濡らす。

朱雀壱弥は凍（い）てついたようにそこに立ち尽くしていた。

いなくなったのは彼ではなく。失われたのは彼ではなく。奪われたのは彼ではなく。

宇多良カナリアだった。

荒々しく波立っていた海面が穏やかになってきても、朱雀は一歩も動けなかった。

茫然とさっきまでカナリアがいた場所を見つめて、朱雀は一歩も動かなかった。

ただ、たゆたう水面だけが動き続け、やがてじわりと赤黒い色が混ざり始めた。

今日はとってもいい日だ、と思いました。

肌をくすぐる風が気持ちよくて、平和なお腹がくうくう鳴きだします。

晴れ渡る空に浮かぶ細い雲は、甘いシロップがかかったパンケーキのよう。

波音はグラスを揺らすシャンパンに似ています。

アクアラインを散歩していると、だれだって、世界の美しさに気づいて、
幸せに浸ることができるのではないでしょうか。

人間というのは不思議なもので、幸せな気分になると、思ってもいなかったことを、
ついついやってしまうことがあります。

たとえばテストで良い点をとって、放課後の掃除を人生で一番張り切ってみたり。

たとえば宝くじに当たって、浮かれ気分で初めての街角募金をしてみたり。

たとえばアクアラインの上で、目の前の女の子に告白してみたり。

でも、それでも、いっちゃんの言葉はとてもありがたいものでした。

世界にとって、どこまでも無価値なわたしだって、やっぱり喜ぶべきときには喜びたくなります。

うれしくてうれしくて、ぴょんぴょんその場でジャンプしたくなります。

胸がきゅんきゅんして、知らないあいだに涙がにじんでしまいます。

この気持ちをきちんと伝えなくっちゃ、嘘ですよね。

なので、ちゃんといっちゃんにお返事したかったのですが。

……続きが言えなくて、ごめんなさい。勝手にいなくなって、ごめんなさい。

いつも間が悪いことしかできなくて、しょんぼり反省するしかないカナリアです。

でも、でもですよ。モノは考えようなのです。

よいこと探しをするなら、二人まとめて犠牲にならなかったことに、着目するべきではないでしょうか。

だって客観的に考えて、いっちゃんは大事な防衛都市の戦力で。栄えある防衛都市東京の首席で。

誰が見たって、わたしよりもはるかに役立っていて。

いっちゃんがいなくなったら、悲しむ人はたくさんいるだろうけど。

わたしがいなくなってもきっと、いっちゃんは平気、だよね？


だから、いなくなるのが、わたしだけでよかった。

わたしがいなくなって、本当によかった。

今日は、とてもとっても、いい日だな――と思います。


さよなら、いっちゃん。元気でね。

あとがき

こんばんは、渡航（わたりわたる）（Speakeasy）です。お久しぶりの渡航です。

今まさに夏真っ盛りという時期だと思うのですが、みなさんいかがお過ごしでしょうか。海、行きましたか？　それともプールでしょうか。あるいは、避暑地でバカンス。もしくはリゾートでパーリーナイということもありますね。私は仕事です。夏じゃなくても仕事してる。

まぁ、どうにも夏という言葉に対して抱くイメージってやっぱり開放的なものや活発的なものが多い感じがしますよね。派手で明るいアゲアゲパリピというか。

一方で夏は蚊取り線香の匂いのイメージだよねー、みたいなちょっと粋でクールなことを言い出す方もいらっしゃいますよね。蚊取り線香がクールかどうかは知らんけど。

あるいは、夏はある意味逆にずっと冷房入れてるから夏っぽさないわ窓開けないから蚊入ってこないし、みたいなエターナルインドアマンもいるわけでして、受け取り方は人それぞれでそれもまたパーソナリティやキャラクター性につながってきたりするものです。

そんな感じで、ひとつの世界をもとに、いろんなものが動いていくお話が作られたのだろうなと思います。同じだから面白いとか違うから楽しいとか。そうやってこの世界で遊んでいけたらいいなぁと思っております。

さて、この『クオリディア・コード』１巻でございました。

といった感じで『クオリディア・コード』というお話は、いわゆるシェア・ワールドと言われる、世界観や設定を共有してみんなが好き勝手に物語を書き散らす感じの作品群です。

私のほか、さがら総さんと橘公司さんも参加してらっしゃいます。

本作の執筆自体は渡航がしておりますが、物語はみんなで作りました！

さらに本作の前日譚となるものが存在しております。

神奈川編『いつか世界を救うために　―クオリディア・コード―』（橘公司著。ファンタジア文庫から１～２巻刊行中）。

東京編『そんな世界は壊してしまえ　―クオリディア・コード―』（さがら総著。ＭＦ文庫Ｊから１～２巻刊行中）。

千葉編『どうでもいい　世界なんて　―クオリディア・コード―』（渡航著。小学館ガガガ文庫から刊行中）の三つの都市のお話が存在しております。

さらに、それらの前日譚である『クズと金貨のクオリディア』（著・渡航＆さがら総、集英社ダッシュエックス文庫、既刊１巻）も存在しております。

本当にたくさんあって、私自身も把握しきれていないのではないかと不安になるレベルなのですが、いずれの作品も全て独立したストーリーですので、どれかひとつ、または『クズ金』だけを読んでも大丈夫なようになっております！

それから『クオリディア・コード』ですが、TVアニメ放送中でございます。詳しい情報は公式HP等々でご確認いただければ幸いです。

なんだか情報盛りだくさんの本タイトルですが、この『クオリディア・コード』というシェア・ワールドを皆様と楽しんでいけたら幸いです。

そんな感じで以下、謝辞。

松竜様。キャラクター原案ご担当当初からお世話になっております。ありがとうございます。やっぱりカナリアは可愛いって改めてそう思います！　引き続きよろしくお願い致します。

wingheart様。他の皆には内緒でもっと明日葉ちゃんを書いちゃうので、今後も明日葉ちゃんをよろしくお願いします！　ありがとうございます。引き続きよろしくお願い致します。

担当編集山本様。いつもお世話になっております。クズ金の時もかなりすごいことする方でしたが、今回もすごかったです！　ありがとうございます。引き続きよろしくお願い致します。

さがら総さん、橘公司さん。この作品について、一生いろいろ聞いてすいませんでした。また聞きます。ありがとうございます。引き続きよろしくお願い致します。

この作品に携わられた皆さま。大変お世話になりました。厚く御礼申し上げます。

そして、最後に読者の皆様。ここまでお読みいただきまして誠にありがとうございます。いろんなものを書かせていただける機会がございますのも皆様のおかげでございます。もっともっと頑張ります！　今後もお付き合いいただけますと幸いです。

といったところで、今回はこのあたりで失礼致します。

それではまたお会いしましょう！

渡　航

本文の挿画を担当させていただきました
wingheartです。この夏は何年かぶりの
プールにいってきました。
アニメ本編は毎週ニコニコ動画の
最新話配信で見ているのですが、
明日葉デレシーンで流れた
「あ～千葉になる～」という
コメントに感銘を受けました。
かくいう私も千葉になる者です。
作業のお手伝いしてくださった
牡丹燈鬼さん、おらんげさん
ありがとうございました。

ダッシュエックス文庫

クオリディア・コード

渡 航(Speakeasy)

2016年8月30日　第1刷発行

★定価はカバーに表示してあります

発行者　鈴木晴彦
発行所　株式会社　集英社
〒101−8050　東京都千代田区一ツ橋2−5−10
03(3230)6229(編集)
03(3230)6393(販売／書店専用) 03(3230)6080(読者係)
印刷所　大日本印刷株式会社

ISBN978-4-08-631134-2 C0193